Ne t'attache pas

Morgane Bicail

Ne t'attache pas

Michel LAFON

118, avenue Achille-Peretti – CS 70024
92521 Neuilly-sur-Seine Cedex

www.michel-lafon.com

Pour toi, Maman. Une nouvelle fois.
Car tu es ni plus ni moins le centre de mon univers.

– 1 –

Rencontre

– À quelle heure pensez-vous rentrer ?

Ma question ne semble pas perturber ma mère qui applique consciencieusement une couche de rouge à lèvres sur sa bouche entrouverte.

– Hum… Je ne sais pas vraiment. Pas avant minuit, c'est certain. Cela fait longtemps que ton père et moi n'avons pas passé une soirée avec les Sands, nous voulons en profiter. Je dirais vers une ou deux heures du matin…

Je souris à cette nouvelle aussi inattendue que bienvenue. Je vais enfin avoir une soirée à moi, sans adulte sur le dos, durant laquelle je pourrai faire ce que je veux. Notamment inviter Opaline et échanger les derniers ragots avec elle en mangeant des pizzas.

– Peux-tu me donner ma pochette, s'il te plaît ? me demande ma mère en désignant un petit sac posé sur la panière à linge.

Je m'exécute, et elle me remercie avant d'y ranger son précieux rouge à lèvres.

– Vous dînez dans quel restaurant ?

– Je ne sais pas. Ce sont les Sands qui l'ont choisi, m'explique ma mère. Peu importe, tout m'ira du moment qu'il ne s'agit pas d'un restaurant de fruits de mer !

D'un geste de la main, elle tente de donner un peu de volume à ses cheveux fins, puis ajuste sa robe bleu marine. C'est à ce moment que la sonnette retentit.

– Ça doit être eux, comment me trouves-tu ?

– Bien, dis-je, laconique.

Elle me sourit et quitte la salle de bains. Je lui emboîte le pas. Dans l'entrée, M. et Mme Sands se tiennent sur le seuil, tout sourires. Mon père les accueille chaleureusement d'une accolade.

– Bonsoir, dis-je en pénétrant à mon tour dans le vestibule.

– Bonsoir, Alexie, sourit Mme Sands. Comment vas-tu ?

– Bien, merci.

La femme jette un regard inquisiteur autour d'elle, à la recherche de je ne sais quoi, avant de reposer les yeux sur moi.

– Tu es seule ce soir ?

Pour mes parents, oui. Mais, en réalité, je n'ai pas l'intention de le rester. Dès qu'ils auront franchi la porte, j'appellerai Opaline pour lui dire de ramener ses fesses en vitesse.

– Oui, je passe la soirée seule.

– Dans ce cas, tu peux la passer chez nous si tu veux. Jérémy est seul, lui aussi. Ce serait l'occasion pour vous de mieux vous connaître.

Jérémy ? J'avais oublié son existence à celui-là... Depuis que les Sands ont emménagé dans le quartier, il y a de cela dix ans, nous ne nous sommes adressé la parole qu'une fois ou deux. Et ça fait des mois que je ne l'ai pas aperçu dans le voisinage.

– C'est vraiment gentil, madame Sands, mais ne vous embêtez pas. Ça ne me dérange pas de rester seule.

– Tu en es certaine ? insiste-t-elle. Jérémy ne peut pas sortir, et je pense qu'il serait content d'avoir un peu de compagnie.

– Pourquoi ne peut-il pas sortir ? intervient ma mère qui veut toujours tout savoir.

– Il s'est déboîté l'épaule en jouant au foot avant-hier..., explique notre voisine. Son médecin lui a préconisé beaucoup de repos s'il veut pouvoir reprendre le sport rapidement.

– Oh ! Le pauvre petit ! s'exclame ma mère. Alexie sera ravie de lui tenir compagnie.

– À vrai dire, j'ai des devoirs à faire. Vraiment, ça ne me dérange pas d'être seule ce soir, argumenté-je voyant ma soirée de tranquillité s'envoler sous mes yeux.

– Tu pourras travailler demain, insiste ma mère en me jetant un regard noir, m'intimant silencieusement de ne pas la contredire.

OK... Je le sens mal, ce coup-là... Je tente une autre approche.

– Je ne suis pas sûre qu'il veuille de ma compagnie..., avancé-je. Il est plus âgé que moi, il ne veut probablement pas passer la soirée avec une gamine.

– Mais qu'est-ce que tu racontes ! ricane la mère de Jérémy. Vous n'avez que deux ans d'écart ! Allez viens, vous commanderez des pizzas.

Elle sort un billet de vingt euros de son porte-monnaie et me le colle dans la main avant même que j'aie eu le temps de protester. Ce gars, je ne lui ai jamais parlé. Je me vois vraiment mal débarquer chez lui et discuter comme si de rien n'était. Je jette un regard suppliant en direction de mes parents, mais aucun d'eux ne semble vouloir me venir en aide.

– Très bien… Je vais y aller, finis-je par dire, résignée, comprenant que je suis coincée.

– Génial ! Nous allons t'accompagner, conclut ma mère.

Je bougonne le plus silencieusement possible puis m'éclipse pour enfiler des chaussures et une veste. Je peux dire adieu à ma petite soirée parfaite et à tout ce que j'avais prévu. Alors que je suis de retour dans l'entrée, tous les regards convergent vers moi. Je fais de mon mieux pour faire bonne figure et ne pas tirer une gueule de six pieds de long.

– Allons-y, dit mon père, invitant les Sands à sortir.

Je les suis, la mâchoire serrée. Les quatre adultes m'escortent jusqu'à la maison à gauche de la nôtre. Ils me souhaitent une bonne soirée et se volatilisent avant même que j'aie le temps de reprendre mes esprits.

– Bon…, dis-je pour moi-même.

J'observe la maison un long moment, un sourcil arqué. Je pourrais facilement faire demi-tour et m'épargner cette soirée, mais quelque chose me dit que mes parents, ou ceux de mon voisin, seraient rapidement au courant. J'imagine déjà les Sands demander à leur fils s'il a apprécié ma compagnie et ce dernier les regarder de travers, l'air de dire : « Mais de quoi vous parlez ? » Je ne veux pas m'attirer leurs foudres. Ma soirée avec Opaline n'est que partie remise, je le promets. Et puis… Ça ne peut pas être si terrible.

Je prends une grande inspiration et marche jusqu'au palier de la grande maison. Je lève mon poing et l'abat plusieurs fois sur le bois de la porte d'entrée. Aucune réponse. Je soupire, il est forcément là, sa mère a affirmé qu'il ne pouvait pas sortir. Je toque à nouveau, plus fort cette fois. Toujours pas de réponse. Je décide de tourner la poignée pour voir si la porte est fermée à clé. À ma grande surprise, elle ne l'est pas, je la pousse lentement.

– Il y a quelqu'un ? demandé-je en entrant.

Je referme derrière moi, dans l'attente d'une réponse. Mais j'ai bel et bien l'impression d'avoir parlé dans le vide. On pourrait croire qu'il n'y a personne dans cette maison si l'on ne distinguait pas cette musique venant du premier étage. Mon *cher* voisin est probablement enfermé dans sa chambre à écouter des chansons à fond, ce qui l'empêche d'entendre quoi que ce soit d'autre. Je retire ma veste, la pose sur un siège dans le vestibule, puis me dirige vers les escaliers. Je ne me rappelle pas être déjà venue ici. Mes parents et les Sands s'arrangent toujours pour ne se voir que tous les quatre. Je ne sais pas pourquoi… Peut-être ne supporteraient-ils pas la présence de deux ados comme Jérémy et moi ? Ouais, probablement. Et ils auraient certainement raison. Une fois à l'étage, je me laisse guider par la musique. Plus je m'approche de la pièce d'où elle provient, plus mon appréhension augmente. Comment va-t-il réagir en voyant une – presque – inconnue débarquer dans sa chambre ? Mal, je pense. Il fera peut-être un arrêt cardiaque ? À moins que ça soit moi qui en fasse un… Ce serait fort probable. Et s'il était avec quelqu'un ? Pire, s'il était avec une fille ? Je n'ai aucune envie de surprendre quelque chose d'embarrassant, je serais dans l'obligation de déménager si cela se produisait.

Je m'efforce de faire taire mes pensées, prends mon courage à deux mains et me plante face à la porte close qui vibre sous l'effet des basses. Le volume est tellement fort que j'ai l'impression que mes tympans vont exploser. Je ne veux pas imaginer ce que ça sera une fois à l'intérieur. Je ferme un instant les yeux et toque à la porte. Sans surprise, pas de réponse.

Je pose ma main sur la poignée et ouvre la porte à la volée. *Mauvaise idée.* Je repère immédiatement mon voisin : allongé sur son lit, torse nu, une cigarette à la main. En me voyant, il fait un bond et je me retourne en me cachant les yeux.

– C'est quoi ce bordel ? hurle le gars à qui j'ai sûrement foutu une peur bleue.

– Je n'ai rien vu, dis-je en référence au fait qu'il est à moitié nu.

Je n'ai rien trouvé d'autre à lui répondre. Je suis tétanisée. *Il va m'arracher la tête, c'est sûr.*

– Bordel de merde, mais qu'est-ce que tu fous là ? crie-t-il pour couvrir la musique.

– Je n'ai rien vu, répété-je comme un automate.

Il ignore mes mots, et je suis de plus en plus mal à l'aise. Rappelez-moi pourquoi j'ai débarqué dans sa chambre comme ça, déjà ?

– Qu'est-ce que tu fous ici, putain ? me redemande-t-il avant de baisser le son.

Maintenant que j'arrive à m'entendre penser, je retrouve peu à peu mes esprits. Je m'attends à ce qu'il me jette hors de chez lui à coups de pied, mais rien ne survient, alors je dis d'une petite voix :

– Tu pourrais… mettre un tee-shirt, histoire que je puisse me retourner et t'expliquer ?

Cette situation est vraiment embarrassante. Je l'entends se déplacer derrière moi, sûrement pour attraper de quoi s'habiller, puis il grogne :

– Putain, j'arrive pas à le mettre…

Je jette un coup d'œil par-dessus mon épaule pour voir ce qu'il fabrique. Il essaye d'enfiler son tee-shirt mais, visiblement, avec sa blessure à l'épaule, c'est une vraie galère.

– Ne compte pas sur moi pour t'aider, murmuré-je pour moi-même.

– Quoi ? demande-t-il sèchement en relevant un instant les yeux vers moi.

– Je n'ai rien dit, dis-je avec mauvaise foi. Qu'est-ce que tu attends pour le mettre ?

Je désigne son tee-shirt, dont il a seulement enfilé le col. Il soupire avant de s'asseoir sur son lit, de le retirer et de le balancer rageusement au sol de son bras intact.

– J'y arrive pas. Ça me fait un mal de chien, soupire-t-il.

Il semble s'être calmé lui aussi. Les pulsations de mon cœur ralentissent lentement. Je tourne la tête en prenant bien soin de fixer le mur devant moi, et croise les bras sur ma poitrine. J'attends quelques secondes, le temps qu'il trouve une solution pour couvrir son torse. S'il a réussi à enlever son tee-shirt, comment se fait-il qu'il n'arrive pas à le remettre ? C'est totalement illogique.

– Tu comptes camper ici à admirer le mur ou tu vas daigner m'expliquer ce que tu fous chez moi ? s'agace-t-il.

– Je… Ta mère m'a en quelque sorte… invitée.

Je l'entends ricaner et j'avoue que je ne comprends pas vraiment pourquoi. Il est sûrement dingue. Complètement taré, même. Ce qu'il fumait tout à l'heure n'était peut-être pas du tabac… ?

– Pourquoi tu rigoles ? demandé-je.

– C'est toi qui me fais rire. Allez, ne sois pas ridicule, retourne-toi. Ça ne me dérange pas que tu me voies comme ça.

– Mais moi, ça me dérange.

– Pourquoi ? Tu n'as jamais vu un gars torse nu ?

Je soupire et finis par me retourner pour ne pas passer pour une fille totalement coincée. Je fais de mon mieux pour le regarder dans les yeux et ne pas le reluquer. Parce que, il faut l'admettre, le peu que j'ai pu apercevoir était plaisant. Bon OK, *très* plaisant.

– Ma mère t'a invitée ici ? Pourquoi ?

– Elle avait pitié de toi, je crois.

– Pitié ? Qu'est-ce que tu racontes ?

– Elle voulait absolument que je passe la soirée ici comme tu ne peux pas sortir.

– J'avais prévu d'inviter des gens.

– À vrai dire, moi aussi.

– Alors qu'est-ce que tu fais là ? s'étonne-t-il. Si tu avais prévu quelque chose, pourquoi ne pas simplement être restée chez-toi ?

– Je dois avouer que j'avais grandement envie de te voir en si piteux état.

Ce n'est pas le cas, bien sûr, mais je n'ai pas trouvé de meilleure réponse. Il me fallait une excuse autre que la peur de me faire choper par mes parents.

– Je ne suis pas si mal en point, siffle-t-il.

– Tu as raison. Tu es tellement en forme que tu galères pour enfiler un simple tee-shirt.

– T'es encore bloquée sur cette histoire de tee-shirt ? Ça te fait quelque chose de me voir comme ça ou quoi ? sourit-il.

– Pas du tout ! On ne se connaît même pas ! dis-je pour me défendre.

– Et alors ? Je fantasme bien sur certaines célébrités que je ne connais ni d'Ève ni d'Adam !

Je pose les mains sur mes oreilles et secoue la tête.

– Je ne veux pas savoir de quoi sont faits tes fantasmes, Sands.

– D'accord, d'accord, j'arrête, rit-il.

Il doit vraiment être défoncé pour être si détendu. Je pensais qu'il allait réagir différemment face à mon intrusion. Mal, je veux dire. Qu'il allait me jeter des objets jusqu'à ce que je débarrasse le plancher, ou quelque chose dans le genre. Mais pas du tout. J'ai presque l'impression qu'il me parle comme si j'étais son amie. *Presque.*

– Ne t'en fais pas, ce n'est pas parce que je suis à moitié à poil que je vais te sauter dessus. Les gamines ne m'intéressent pas, affirme-t-il en attrapant un paquet de clopes posé sur sa table de chevet.

Sa remarque se veut cinglante, mais elle ne m'atteint pas. Au contraire, c'est plutôt une bonne nouvelle. Il allume une cigarette et la porte à ses lèvres.

– Je ne me fais pas de souci pour ça, rassure-toi. Mais je ne suis pas une gamine.

– Tu as seize ans, tu es une gamine.

– Tu n'as que deux ans de plus que moi, alors ferme-la.

Il me regarde d'un air narquois, se moquant de ma piètre repartie. Il affiche un air satisfait avant de changer de sujet, ne voulant certainement pas se lancer dans un débat avec moi.

– Donc on va passer la soirée ensemble ? demande-t-il.

– Il faut croire, oui.

– Je ne pense pas avoir le choix, de toute façon.

– Je ne l'ai pas eu non plus.

– Tu aurais pu faire demi-tour en voyant que personne ne venait t'ouvrir, remarque-t-il.

– C'est vrai. Je peux encore partir si tu le souhaites, ajouté-je, espérant intérieurement qu'il me prenne au mot.

– Tu pourrais, oui. Mais, puisque tu es là, pourquoi ne pas en profiter pour discuter un peu ? Ma mère a raison, j'ai besoin de compagnie, raille-t-il.

Il se lève et se dirige vers la fenêtre, l'ouvre, s'avance sur le balcon et recrache la fumée de sa cigarette. Je reste plantée au beau milieu de sa chambre, ne sachant que faire de mon propre corps. Il me regarde d'un air interrogateur.

– Qu'est-ce que tu fais ? Viens là.

J'obtempère et le rejoins sur le balcon, qui donne directement sur ma maison, et plus précisément sur la fenêtre de ma chambre. Il peine à s'asseoir sur le rebord de la fenêtre, à cause de son léger handicap, puis étire ses jambes devant lui. Je l'imite et m'installe à côté de lui.

– Ton nom, c'est Alexie, c'est ça ? demande-t-il soudainement.

– Ouais, mais je préfère qu'on m'appelle Alex.

– Comme tu veux, Alex. Moi c'est Jérémy.

– Je sais comment tu t'appelles.

– C'est déjà un bon début, répond-il, un sourire en coin.

– Si tu le dis.

Il regarde devant lui, prenant une pose nonchalante malgré son épaule blessée. Je ne peux m'empêcher de le trouver sexy. C'est vrai, ce gars a vraiment une belle gueule. Ajoutez à ça son torse nu et son air si mystérieux…

– Tu veux une taffe ? me propose-t-il en me tendant sa clope.

Je décline son offre d'un signe de main, avant de croiser les jambes, essayant de trouver une position confortable.

Je romps brusquement le silence.

– Je ne pensais pas qu'on se parlerait un jour.

– Moi non plus, en fait, répond-il avant de marquer une légère pause pour tirer sur sa cigarette. Ça va faire quoi… dix ans que j'habite ici, et on ne s'est jamais adressé la parole.

– Ça peut paraître bizarre mais, malgré tout, j'ai l'impression de te connaître.

– J'ai cette impression moi aussi. C'est sûrement à force de te voir sortir les poubelles.

– Eh !

Je lui assène un coup dans l'épaule et il grimace de douleur.

– Oh… Désolée.

– Ça va… Je l'ai mérité celui-là.

– Ouais, tu l'as bien mérité même. Mais j'aurais pu frapper autre part…

– Je préfère que ça soit l'épaule qui prenne plutôt que mes couilles.

– Ne me parle pas de tes parties intimes, s'il te plaît.

Il rigole devant ma gêne plus qu'évidente. Il est tellement nature. Il dit tout ce qui lui passe par la tête sans la moindre pudeur. J'ai remarqué que c'était une caractéristique récurrente chez les mecs de son âge. Ils ne se prennent pas la tête pour savoir si une chose est bonne à dire ou non. Ils disent ce qu'ils pensent, et c'est tout. Ils se foutent pas mal des répercussions.

– Alors parle-moi de toi, reprend Jérémy, me tirant de ma réflexion.

– Qu'est-ce que tu veux savoir ?

– Eh bien, je ne sais pas trop. Tu es entrée en première au début du mois, c'est ça ?

– Exact. On était dans le même lycée l'année dernière, je te rappelle.

– Je m'en souviens, ouais, prétend-il.

– Alors pourquoi tu poses la question ?

– Excuse-moi d'essayer de faire la conversation, miss je-suis-sur-les-nerfs.

– Je ne suis pas sur les nerfs.

– Si tu l'es, et tu ferais mieux de te détendre, parce que ça me stresse que tu sois si nerveuse. Je ne vais pas te bouffer, hein !

Il recrache la fumée de sa cigarette et poursuit :

– Tu sais quand nos parents rentrent ?

– Ma mère m'a dit pas avant une ou deux heures du matin.

– Ah mais c'est que c'est la sortie de l'année dis-moi ! se moque-t-il, et je ne peux m'empêcher de rire à mon tour. Tu veux faire un jeu pour… ?

Il est interrompu par la sonnerie de son téléphone. Il grogne un « putain », avant d'essayer de se relever pour aller le chercher dans la chambre. Je pose doucement la main sur son épaule pour éviter de lui faire mal, lui intimant de se rasseoir.

– Je te l'apporte.

– OK, merci.

Je me lève en vitesse et récupère son portable posé sur le lit. Un nom s'affiche sur l'écran : « Jessica ». Je tends le téléphone à Jérémy en me demandant qui elle peut être, et regagne ma place sur le balcon.

Il soupire et décroche, l'air las.

– Allô ?… Oui, ça va… Mon épaule ? J'ai connu pire… Non, je te dis, tout va bien… Ouais… D'accord… Non ! Tu ne peux pas venir ce soir… Non, mes parents ne sont pas là, mais je suis avec quelqu'un… Tu ne la connais pas…

J'entends une voix hurler à l'autre bout du fil et Jérémy me jette un coup d'œil navré.

– Écoute, Jessica, je n'ai pas envie de me disputer avec toi ce soir. Je te rappelle demain. Bonne soirée.

Il raccroche et pose son portable entre nous. Il tire une dernière fois sur sa cigarette avant de l'écraser par terre et de balancer le mégot par-dessus la balustrade.

– C'était ta copine ? demandé-je, ne pouvant contenir ma curiosité.

– Ma copine ? Si on veut… Ça dépend comment on voit les choses.

– C'est-à-dire ?

Il tourne la tête vers moi, nos regards se croisent et il hausse les sourcils.

– J'imagine que tu peux deviner toute seule. Je ne veux pas te choquer à nouveau, sourit-il.

Je crois comprendre à quoi il fait référence. Et si je pense à la même chose que lui alors, effectivement, je ne suis pas sûre que l'on puisse dire que cette Jessica est sa petite amie.

– Ma façon de voir les choses me dit qu'on ne peut pas vous considérer comme un couple, admets-je.

– La mienne non plus. Mais Jessica… elle croit dur comme fer à notre histoire.

– Pourquoi ne pas vouloir te mettre vraiment en couple ?

– Avec elle ? Non, merci.

– Pas forcément avec elle. Je veux dire, pourquoi perds-tu ton temps avec un plan cul ? Tu pourrais essayer de trouver quelqu'un d'autre.

– C'est assez compliqué.

Il n'a probablement pas envie d'en parler et je ne veux pas l'y forcer. Je veux, si c'est possible, avoir un minimum l'air cool ce soir… Je décide donc de changer de sujet.

– Tu t'es fait ça au foot ? demandé-je en désignant son épaule.

Je connais déjà la réponse, mais c'est la seule chose qui me vient à l'esprit pour faire diversion. Pas très original, mais plutôt efficace selon moi. Sauf que sa réponse n'est pas celle que j'attendais.

– Mon épaule ? Selon la version officielle, je me suis fait ça au foot, oui.

– Comment ça, « la version officielle » ?

– La version que j'ai donnée à mes parents, si tu préfères. Je leur ai menti, je ne me suis pas réellement fait ça au foot.

– Comment alors ?

Il ne répond pas, et j'ai immédiatement envie d'en savoir plus. *C'est quoi cette histoire encore ?*

– Ce n'est pas la première fois que je leur mens à ce sujet… murmure-t-il.

On dirait qu'il choisit ses mots exprès pour attiser ma curiosité. Mon sang bout d'excitation dans mes veines. Je ne sais pas pourquoi, mais j'ai l'intime conviction qu'il me dit ça parce qu'il veut que je m'intéresse à son cas. Il aurait très bien pu me mentir à moi aussi, après tout.

– Qu'est-ce que tu caches ? dis-je d'une toute petite voix.

Il me lance un sourire en coin, plutôt ambigu.

– Je sais que tu caches quelque chose, Jérémy.

Son regard énigmatique se perd dans la nuit. Il doit être vingt-deux heures maintenant mais, étonnamment, je n'ai pas froid. C'est sûrement l'adrénaline qui veut ça. La fumée de cigarette de Jérémy s'envole vers les cieux de manière hypnotisante. Ses cheveux châtains, mi-longs, se soulèvent doucement au gré du vent, captant toute mon attention. Il semble réfléchir un instant puis se tourne vers moi.

– Tu as raison, susurre-t-il. Je cache quelque chose.

– Qu'est-ce que c'est ?

Il sourit et secoue la tête, l'air amusé. Il enserre de ses belles lèvres la cigarette, tire une taffe, puis recrache lentement la fumée par le nez. Ma curiosité est à son comble. Incapable de savoir pourquoi, je brûle de savoir ce qu'il dissimule.

– J'ai des secrets, Alexie, qui font partie de mon mode de vie. Si tu veux les découvrir, il faudra que tu le fasses par toi-même. Je ne te dirai rien. Si je te dévoilais tout, tu n'aurais plus de raisons de t'intéresser à moi.

– Parce que tu veux que je m'intéresse à toi ?

Son regard plonge soudainement dans le mien, j'en ai pratiquement le souffle coupé. Nous nous fixons un long moment, durant lequel j'ai l'impression que mon cœur s'arrête un millier de fois. Il se mord la lèvre inférieure avant d'approcher son visage du mien.

– Oui, je veux que tu t'intéresses à moi. Et bien plus encore…

– Pourquoi ?

– On a tous besoin d'un peu de compagnie, tu ne crois pas ?

– Tu n'as pas d'amis pour ça ?

– Bien sûr que si. Mais c'est ta compagnie qui m'intéresse, dit-il, sûr de lui. T'es plus cool que t'en as l'air, Alex.

– Je suis censée le prendre comment ?

– Bien… Enfin, je crois, répond-il sarcastiquement. Tu préférerais qu'on reste de simples voisins ? Parce que, si c'est le cas, ça ne me dérange pas.

Le problème, c'est que ce n'est pas le cas. Plus le cas, du moins. Pas après ce soir. Je ne veux plus le cantonner à son rôle de voisin. Il m'intrigue trop pour ça. Bien trop pour que je le laisse filer. Je veux en savoir plus sur lui. Et puis, il est plutôt sympa, lui aussi. Shooté, mais sympa.

– Ce n'est pas ce que je veux, admets-je.

Il me sourit, et je ne peux m'empêcher de le fixer. Une étincelle froide danse dans le brun de ses iris pétillants et un étrange sentiment d'insécurité m'envahit.

– Dans ce cas, je suis ravi de te rencontrer, Alexie.

À mon grand étonnement, il me tend la main. J'hésite un instant avant de la saisir vigoureusement.

– Moi aussi.

Je le scrute pour essayer de lire en lui quelque chose qui pourrait m'aider à percer son secret… Mais en vain.

Il écrase son mégot et l'envoie valser comme le précédent.

– Comment puis-je découvrir tes secrets, Jérémy ? Je ne sais rien de toi.

– Tu les découvriras plus vite que tu ne l'imagines, Alex. Ces secrets font partie de mon mode de vie, tu n'auras pas de mal à les déceler…

Soudain, nous entendons le bruit de moteur d'une voiture qui pile devant la maison de Jérémy. Ce dernier, qui semble aussi étonné que moi, se lève – non sans difficulté – pour voir ce qui se passe. Il se penche par-dessus la rambarde et reste dans cette position une à deux secondes avant de se retourner vers moi, le visage déconfit.

– Putain, c'est Jessica !

Je me lève précipitamment comme s'il venait de m'annoncer l'arrivée des forces de l'ordre.

– J'en ai pour la soirée. Il faut que tu partes, dit-il. Je suis désolé.

La portière de la voiture claque furieusement.

– Si elle te voit ici, je vais avoir droit à une scène, c'est sûr.

– C'est bon, je… je vais essayer de filer incognito, dis-je en bafouillant.

– Oui, je pense que c'est mieux pour tout le monde. Crois-moi, tu n'as pas envie de la rencontrer, surtout si elle me fait une crise de jalousie.

La sonnette résonne dans la maison, et Jérémy se tend.

– Putain. Tu n'as qu'à… passer par le balcon, m'ordonne-t-il.

Je prends plusieurs secondes pour analyser ses mots. Le balcon ? Hors de question !

– Tu rigoles j'espère ?

– Allez ne fais pas ta fillette, Alex ! Je l'ai déjà fait un million de fois ! Tu n'as pas vraiment le choix, de toute manière, elle est déjà là. Il y a un grillage contre le mur, tu peux facilement y poser les pieds pour descendre.

En me penchant pour évaluer le terrain, je découvre effectivement un grillage orné de verdure qui pourrait faire office d'échelle. Je me résigne en soupirant.

– OK, je vais le faire.

– Merci tu me sauves la vie ! Tu ne peux pas savoir à quel point elle peut être chiante dans ces moments-là.

Je déglutis en posant mes mains sur la balustrade. C'est ça d'avoir le vertige… Un peu de hauteur et on perd tous ses moyens. Je prends mon courage à deux mains et enjambe le garde-corps en retenant mon souffle. Je sens la main de Jérémy se resserrer autour de mon avant-bras, pour m'aider.

– Merci, murmuré-je la voix tremblante.

Si je venais à tomber dans le vide, il pourrait sans doute me rattraper mais il ne pourrait pas me hisser jusqu'au balcon. Si les muscles ne lui font pas défaut, son épaule blessée l'en empêcherait. Donc, son bras qui me tient, c'est un peu comme un placebo. Il me donne l'impression d'être en sécurité alors que ce n'est pas le cas. Je préfère ignorer cette idée et me concentre sur ma descente. Je passe ma seconde jambe dans le vide et cherche à tâtons un appui pour mes pieds. Je suis paniquée, si je tombe, je ne suis pas sûre de me relever. Enfin, si… mais pas en un seul morceau. Je jette un œil en arrière pour tenter de distinguer le grillage, mais mon regard se perd dans le vide et je sens mon cœur se décrocher de ma poitrine.

– Je te tiens, ne t'en fais pas, déclare Jérémy comme s'il pouvait lire dans mes pensées. Regarde-moi.

J'obtempère et plonge mes yeux dans les siens. Je me sens légèrement mieux, bien que l'horreur du vide dans mon dos continue à me glacer.

Finalement, mes pieds trouvent un appui et je laisse échapper un soupir de soulagement. Jérémy me lâche le bras tandis que la sonnette retentit une seconde fois. Les mains à présent sur le haut du grillage, je me sens en sécurité.

– À bientôt, Alex.

Je lève la tête vers Jérémy.

– « À bientôt », ça veut dire dans dix ans pour toi ?

Il me sourit sincèrement.

– Ça se pourrait bien… Passe une bonne fin de soirée.

– J'aurais aimé te souhaiter la même chose, mais je crains que ça soit impossible.

Il secoue la tête, le sourire toujours aux lèvres.

– Allez, au revoir, Alex.

– Au revoir, Jérémy.

Il disparaît et je me dépêche de descendre.

Quand mes pieds touchent le gazon, je suis immédiatement soulagée. Ce n'est pas aujourd'hui que je m'écraserai au sol comme une crêpe…

Je regagne mon jardin en hâte. Un sourire aux lèvres, je jette un dernier regard à la maison dans laquelle j'ai passé la soirée. Jérémy… jamais je n'aurais cru faire une telle rencontre. Maintenant, il ne me reste plus qu'à découvrir sa part d'ombre…

– 2 –

Footing

Samedi. Huit heures cinq du matin. Tout est calme, et pourtant je n'arrive plus à dormir. J'ai les idées emmêlées. La nuit a été courte à cause d'une migraine infernale. Son origine ? Indéterminée. J'ai passé mon temps à me tourner et à me retourner dans mon lit. Cela faisait longtemps que je n'avais pas eu droit à ce genre d'insomnie. Deux ou trois mois, peut-être. Oui, c'est quelque chose que je connais bien, les nuits blanches indésirées. Trop bien, même.

Je me sens vide ce matin. Complètement vide. Ça aussi, ça m'arrive souvent. D'après un forum douteux que j'ai consulté durant une crise d'hypocondrie, il y a quelques semaines, c'est un phénomène fréquent chez les adolescents. Il paraît que notre cerveau travaille beaucoup, que nous ressassons tout un tas de choses et que c'est pour ça que nous avons du mal à dormir. Je ne sais pas si c'est vrai. Quoi qu'il en soit, ils ne proposaient rien pour y remédier. Alors j'ai jugé que tout ça n'était qu'un tissu de mensonges et je n'en ai pas tenu compte.

De toute manière, la seule chose efficace lorsque je suis dans cette situation, c'est de me défouler. D'ailleurs, j'ai envie de courir. De courir jusqu'à vomir mes tripes et remettre mes idées en place.

Le réveil n'affiche que huit heures quinze, mais je ne supporte plus d'être allongée, ça me rend folle. Je me lève donc et enfile ma tenue de sport. Une fois habillée, je quitte ma chambre, munie de mon téléphone et de mes écouteurs. Mes parents dorment encore. C'est plutôt normal, je les ai entendus rentrer à deux heures moins le quart. Je serai certainement revenue de mon jogging avant qu'ils se réveillent. Donc, pas besoin de leur laisser un mot. Dans le pire des cas, ils m'appelleront.

Je dévale les escaliers, chausse une paire de baskets et sors. Il fait beau ce matin. Un peu froid, mais le soleil illumine un ciel sans nuages. Je respire profondément, ravie d'avoir quitté cette chambre sombre dans laquelle je me suis ennuyée toute la nuit. Je dévale les quelques marches du perron et m'attache les cheveux en une queue-de-cheval assez haute. Je branche mes écouteurs sur mon téléphone et m'apprête à lancer ma playlist spéciale sport lorsque j'entends une voix féminine m'interpeller. Je lève le nez de mon écran et découvre Mme Sands qui se dirige vers moi. *Elle est déjà réveillée, la voisine ?*

– Bonjour, Alexie !

Elle me sourit de toutes ses dents et je fais de mon mieux pour paraître aussi joviale que possible.

– Bonjour, madame Sands.

– Comment vas-tu depuis hier ?

– Ça va très bien, merci. Et vous, votre soirée s'est bien passée ?

– Ma foi, oui. C'était très agréable. J'espère que celle que tu as partagée avec Jérémy l'était tout autant ?

Je me remémore les événements de la veille et jette inconsciemment un coup d'œil au balcon qui a bien failli être le témoin d'une crise d'angoisse. Je souris à ce souvenir avant de reporter mon attention sur ma voisine.

– Oui, votre fils est très sympathique, dis-je sincèrement. Pour être honnête, je ne l'imaginais pas comme ça.

– Je suis ravie de l'entendre, Alexie !

Elle me détaille de la tête aux pieds, un sourire radieux aux lèvres.

– Tu allais faire du footing ? Jérémy adore courir. Si tu veux bien, je vais aller lui proposer de se joindre à toi.

– Sans vouloir vous contredire, je ne suis pas sûre que ça soit une très bonne idée. Jérémy a très mal à l'épaule, je m'en suis bien rendu compte hier soir…

– Ne t'en fais pas pour lui, Alexie ! C'est un homme fort et puis, jusqu'à preuve du contraire, il n'a besoin que de ses jambes pour courir, et elles se portent bien toutes les deux.

– Vous avez probablement raison et ça serait une joie de courir avec votre fils, seulement… Il est à peine huit heures vingt, il doit dormir.

– Il ne va pas passer sa journée au lit, quand même ! S'il est fatigué, ça lui apprendra à se coucher plus tôt.

Sur ces mots, elle part en direction de chez elle, me laissant plantée là. Cette fois, Jérémy va vraiment m'en vouloir. S'il m'a pardonné le fait d'avoir débarqué dans sa chambre à l'improviste alors qu'il n'était qu'à moitié habillé, il ne sera sûrement pas aussi clément si sa mère le réveille par ma faute… Je sais comment sont les ados lorsqu'on interrompt leur sommeil. Ils peuvent se montrer agressifs. Et encore, je pèse mes mots. Parce que, oui, il m'arrive à moi aussi de dormir jusqu'à pas d'heure. Quand je ne suis pas dans mes périodes insomniaques, mon corps récupère. Et si ça ne tenait qu'à lui, il le ferait jusqu'à trois heures de l'après-midi…

J'attends ce qui me semble être une éternité avant d'apercevoir la tête fatiguée de Jérémy qui sort de la maison. Comme prévu, il a l'air énervé. Je me fige un instant, en me demandant s'il ne serait pas préférable de détaler comme un lapin avant qu'il ne me le fasse regretter. Ses yeux perçants et sévères se posent sur moi. Ouais, il a l'air remonté contre moi. Mes pieds commencent à marcher d'eux-mêmes vers lui et, avant que j'aie le temps de réaliser ce que je fais, nous nous retrouvons face à face.

– Salut, dis-je timidement.

– Salut…

– Je… Je suis désolée, je ne voulais pas que ta mère te réveille.

– T'y peux rien, elle est comme ça, soupire-t-il. De toute façon, elle me réveille tous les jours à neuf heures et demie. Une heure de plus ou de moins, ça ne va pas changer grand-chose.

– Tu es sûr ? Va te recoucher, si tu veux. Tu n'auras qu'à dire à ta mère que je suis partie pendant qu'elle allait te chercher.

Il laisse échapper un petit rire, révélant les deux adorables fossettes qui creusent ses joues. Alors ça, c'est pas croyable. De prime abord, lorsqu'on voit son visage froid et mystérieux, on ne se doute pas une seule seconde qu'il a des fossettes lorsqu'il rit.

– Quoi ? demandé-je. J'ai un truc sur le visage ?

– Non, dit-il en arrêtant de glousser. Tu me fais rire, c'est tout.

– Je ne vois pas ce qu'il y a de drôle…

– Le fait que tu veuilles absolument trouver un moyen de ne pas être avec moi. C'est ça qui est drôle.

– Quoi ?

– Ne fais pas semblant, Alex. Si tu préfères courir seule, dis-le-moi, c'est tout.

– Ce n'est absolument pas le cas ! Qu'est-ce que tu vas inventer ? C'est pour toi que je dis ça, je n'ai pas envie que tu m'arraches la tête parce que ta mère t'a réveillé une heure plus tôt à cause de moi !

– T'arracher la tête ? Je ne savais pas que j'avais une tête… d'arracheur de têtes !

Je réalise ce que je viens de dire, et me sens aussitôt ridicule. J'ai encore perdu une occasion de me taire. Je baisse les yeux, pour ne pas avoir à affronter son regard moqueur.

– Si tu n'es pas contre le fait de faire du footing avec moi, dit-il, je vais vite enfiler mes baskets et je reviens. D'accord ?

– Oui, fais donc ça.

Il secoue la tête, et sourit encore avant de trottiner jusqu'à chez lui. En attendant, j'échauffe mes chevilles pour éviter une foulure et étire légèrement mon dos. Vu ce que m'a dit la mère de Jérémy, il a l'habitude de jogger. J'ai plutôt une bonne foulée mais, à côté d'un garçon, je ne sais pas ce que je vaux… J'espère qu'il ne courra pas trop vite et qu'il pensera à mes petites jambes.

Jérémy revient, vêtu d'un short s'arrêtant juste au-dessus du genou et d'un tee-shirt à manches courtes.

– Si ça ne te dérange pas, je préférerais qu'on fasse une marche rapide. Ma mère avait sans doute tellement envie que je t'accompagne qu'elle a préféré ignorer mon épaule blessée. Je peux bouger, mais courir serait sans doute risqué.

Mais bien sûr, son épaule ! Cette nouvelle me réjouit. Ce n'est pas aujourd'hui que je me ferai tracer par ce gars au corps d'athlète.

– Je veux bien faire une exception pour toi, dis-je.

– Tu es trop aimable, Alex.

– Je sais oui. Tu as beaucoup de chance.

Il hausse les sourcils et je peux lire sur son visage un : « Sinon, ça va les chevilles ? » Je l'ignore et rejoins la route.

– On y va ?

– Allons-y !

Jérémy avance jusqu'à moi et nous commençons à marcher d'un bon pas, côte à côte. Le soleil matinal brille déjà fort, nous sommes tous les deux éblouis.

– Alors… dis-je lorsque nous tournons au coin de la rue. Comment ça s'est passé avec Jessica hier ?

Il me jette un regard étonné.

– Ça t'intéresse ? sourit-il.

J'aimerais lui répondre que non, mais ce n'est pas le cas.

Étonnamment, je veux savoir s'il a eu droit à une crise de jalousie de la part de sa *« friend with benefits »*. Telle qu'il me l'a décrite, cela me semble plus que probable. Cependant, il se peut aussi qu'il ait exagéré le caractère de cette Jessica, pour rendre la situation plus dramatique. J'en sais rien, après tout, je ne connais rien de lui.

– Ouais, enfin, j'essaye de m'intéresser à toi, puisque c'est ce que tu souhaites, dis-je avec un air nonchalant.

– Je ne veux pas que tu fasses ça par charité. Je veux que tu t'intéresses à moi, pas simplement pour me faire plaisir.

– Qui te dit que ma question n'est pas sincère ?

Il hausse son épaule valide. Ses foulées sont grandes, si bien qu'il me faut faire deux pas lorsqu'il en fait un. Ses jambes sont si longues comparées aux miennes ! Il n'est même pas essoufflé, et je me dis qu'il marche, peut-être, à son allure habituelle…

– Alors ? Tu comptes rester muet comme une tombe ? dis-je, bien décidée à ne pas lâcher l'affaire. Je veux savoir si elle t'a tapé dessus.

– Elle ne m'a pas tapé dessus, rit-il. Mais elle m'a un peu engueulé… OK, elle m'a carrément engueulé. Elle m'a demandé qui était la fille avec qui j'étais.

– Et qu'est-ce que tu as répondu ?

– Eh bien, je lui ai dit la vérité. Que j'étais simplement avec ma voisine – une gamine qui plus est – et qu'elle n'avait pas à s'en faire.

– Pour la dernière fois, je ne suis pas une gamine !

– C'est fou à quel point j'aime te taquiner, avoue-t-il.

Je secoue la tête face à tant de puérilité. À vrai dire, je ne sais pas si on peut parler de puérilité, puisque moi aussi je lui envoie pas mal de piques. Je crois qu'on aime tous les deux taquiner l'autre. C'est vrai que c'est plutôt amusant comme passe-temps…

– Et c'est tout ? Il s'est passé quoi après ? demandé-je, incapable de contenir ma curiosité.

– Après… ? Tu ne veux pas savoir, Alex.

Il m'adresse un clin d'œil, et il ne m'en faut pas plus pour envisager tout ce qui a pu se passer entre Jessica, Jérémy et son lit. Je préfère ne pas laisser libre cours à mon imagination et me concentre sur mes foulées.

– Assez parlé de moi, conclut Jérémy. C'est à ton tour, maintenant. Tu as un copain ou… autre ?

Je l'observe à la dérobée alors que nous pénétrons dans le petit parc de notre quartier pour poursuivre notre marche rapide. Une idée me traverse l'esprit et je souris : je vais laisser planer le doute quant à ma situation amoureuse.

– Ça se pourrait…

– Qu'est-ce que ça veut dire ça ?

– Ça veut dire que, moi aussi, je peux avoir mes petits secrets.

– Alors comme ça, la gamine qui vit à côté de chez moi serait en couple… ? Pour être franc, je n'aurais jamais cru que tu sois avec quelqu'un.

– Pourquoi ?

– Ne me mens pas, Alexie. Je sais que tu es célibataire.

– Qu'est-ce qui te fait penser ça ?

– Si tu étais en couple, tu ne serais pas en train de faire un « footing » avec moi. Tu serais avec *ton copain* à l'heure qu'il est et ce serait avec *lui* que tu discuterais.

– Ce n'est pas parce que je ne suis pas collée à mon supposé copain H24 que je ne suis pas en couple.

– « Supposé copain » ? Tu admets donc que tu n'en as pas ?

– Ta gueule, Sands !

Il rit. Je ne peux m'empêcher de trouver ce son magnifique. Sa voix est tellement rauque, c'est incroyable. Elle envahit tout l'espace, encore plus lorsqu'il rigole.

– Ça m'arrange que tu sois célibataire, avoue-t-il. Ça m'aurait fait chier d'avoir à gérer un petit copain maladivement possessif qui refuse que sa copine sorte de temps en temps avec un ami.

– Parce que tu veux qu'on sorte ensemble ?

– Ouais. D'ailleurs, ce soir, j'ai une soirée avec des amis. Filles et garçons, si ça peut te rassurer. Et j'aimerais bien te les présenter.

– Je ne suis pas sûre que ça soit une bonne idée, admets-je.

– Pourquoi ça ?

– Je suis une gamine, tu as oublié ? J'aurais l'air perdue parmi vous.

Je le taquine, le prenant à son propre jeu. Ça lui apprendra à réfléchir avant de dire quelque chose à mon sujet. J'arrive toujours à tirer profit de la situation. Je toise le grand brun à ma gauche, scrutant sa réaction.

– Ils sont plutôt tolérants, mes amis. Ils n'auront pas de mal à t'accepter, ne t'en fais pas. Ils partent du principe que plus on est de fous plus on rit.

– Tu n'oseras jamais me présenter à tes amis, de toute manière, dis-je en m'arrêtant et en croisant les bras sous ma poitrine.

Il s'arrête à son tour, l'air amusé, et vient se planter devant moi. Il imite mes gestes, croise doucement les bras, pour ne pas se faire davantage mal à l'épaule.

– C'est un défi, Bowmer ?

– Ne m'appelle pas par mon nom de famille.

– Tu ne te gênes pas pour le faire, alors pourquoi pas moi ?

Je vois qu'il se fait violence pour rester sérieux, mais la situation est visiblement trop amusante pour lui, et un sourire vient fendre son beau visage. Il s'humecte les lèvres et je ne peux m'empêcher de fixer sa bouche.

– Tu n'as pas répondu à ma question, reprend Jérémy. Serait-ce un défi ? Parce que, si c'est le cas, ça ne me fait pas peur.

– Tu es le genre de type qui n'a peur de rien, pas vrai ?

– En général, je ne me laisse pas effrayer facilement, Alex.

Son sourire s'évanouit peu à peu, jusqu'à ce que ses lèvres soient totalement droites. Ses sourcils se froncent légèrement, lui donnant un air sévère que je ne lui connaissais pas, et je comprends. Je comprends que j'ai mis le doigt sur quelque chose. Mais quoi ? Je n'ai pas suffisamment d'éléments pour le savoir. Il inspire profondément, les yeux toujours braqués sur moi.

– Alors, oui, c'est un défi, dis-je d'une toute petite voix.

Il cligne des yeux, faisant remuer ses longs cils d'un noir intense. Je suis fascinée par la profondeur de ses iris noisette qui ont légèrement bruni. J'ai presque l'impression qu'il a la capacité de pénétrer mon esprit pour y lire tout ce dont il a envie.

– Tu sais que je relève toujours avec succès les défis qu'on me lance, gamine ?

– J'ai hâte de voir ça.

Son sourire réapparaît progressivement et je reprends mon souffle. La froideur qui avait subitement pris possession de son visage, habituellement si enjoué, m'avait laissée paralysée.

– Tu viendras donc ? demande-t-il.

– J'aurais bien aimé te dire oui, seulement mes parents ne seront jamais d'accord.

– Alexie... Entre nous, je crois qu'on peut se le dire. Si nos parents essayent subitement de nous rapprocher, c'est parce qu'ils aimeraient bien nous voir ensemble. J'irai parler aux tiens. Je suis persuadé qu'ils te laisseront passer une soirée en ma compagnie.

Une boule se forme dans ma gorge. Je n'avais pas soupçonné que nos parents respectifs aimeraient nous voir sortir ensemble. Mais à présent, cela me semble plausible. Et, de toute évidence, c'est Mme Sands qui a eu l'initiative de cette opération, si on peut appeler ça comme ça. Dans les douze dernières heures, elle nous a poussés deux fois à passer du temps l'un avec l'autre, alors qu'elle ne l'avait jamais fait en dix ans.

Ce qui m'intrigue le plus, dans cette histoire, c'est la manière dont Jérémy a exposé sa théorie. Il a dit ça avec une aisance déconcertante.

– Tu dis n'importe quoi.

– Je connais ma mère, Alex. Elle m'a déjà fait le coup plusieurs fois. J'irai parler à tes parents lorsqu'on rentrera et, crois-moi, ils accepteront.

– On ferait mieux d'y aller, conclus-je en me remettant à marcher.

Jérémy m'attrape le bras, m'obligeant à me tourner vers lui.

– Qu'est-ce qu'il y a ?

– Si tu n'as pas envie de passer cette soirée avec mes amis et moi, je le comprendrai. Tu n'as qu'à me le dire, je ne te forcerai pas.

– Mais tu perdrais ton défi. Et je crois que tu n'es pas du genre à aimer perdre.

– Si tu ne veux pas y aller, je ne perdrai pas, ça ne sera que partie remise, Alexie.

– Pas la peine, je viendrai.

Il hoche la tête et lâche mon bras. Je me retourne et me remets en route. Cette soirée sera une occasion d'en savoir plus sur lui. Sur son « mode de vie », comme il dit. Et donc sur ses secrets.

Au retour, Jérémy passe chez moi pour demander à mes parents l'autorisation de m'emmener à la soirée. Il avait visiblement raison, puisqu'ils acceptent sans même qu'il ait besoin de parlementer avec eux.

– 3 –

Bain

J'entre dans la salle de bains munie de mon téléphone et de mon enceinte portative. Je les pose sur un coin du lavabo et lance le mode aléatoire pour ne pas avoir à sélectionner les morceaux pendant que je prends mon bain. Je me ravise et place tout de même mon portable sur le rebord de la baignoire avant d'aller verrouiller la porte de la pièce.

Il n'est pas dix-sept heures et je commence déjà à me préparer pour ce soir. Vous trouvez ça suspect ? Eh bien moi, je ne suis pas de cet avis. C'est une simple question de sécurité. J'admets que c'est tôt, pour une soirée qui commence à vingt et une heures, mais je me connais : je traîne dans la baignoire, puis il me faut une demi-heure pour me démêler les cheveux, et au moins autant pour les sécher. Sans compter le temps nécessaire à décider ce que je vais mettre, une scène en général assez déplorable. J'ai plus de vêtements qu'il n'en faut, mais je n'arrive jamais à me décider quant à ma tenue. Le plus triste c'est que, pour m'aider, c'est presque toujours ma mère qui finit par choisir à ma place. Je préfère donc jouer la carte de la sécurité en m'y prenant bien à l'avance.

J'ouvre le robinet de la baignoire et règle l'eau de manière à ce qu'elle soit tiède. Je verse une petite quantité de gel douche à la noix de coco sous le jet pour faire de la mousse. Les bains moussants sont probablement une des choses que je préfère au monde.

En attendant que la baignoire se remplisse, j'applique un masque pour gommer les cellules mortes et hydrater mon visage. J'en fais rarement, mais aujourd'hui j'ai envie de me sentir sûre de moi et bien dans ma peau lorsque je rencontrerai les amis de Jérémy. C'est impératif si je ne veux pas perdre mes moyens. Je retire mes vêtements et entre dans la baignoire. Je m'allonge confortablement, immerge mon corps jusqu'au menton. Je ferme un instant les yeux, me délectant de la sensation de plénitude que me procure cette eau parfumée à la noix de coco.

J'attrape une bouteille de shampoing à la camomille et en verse une bonne noisette dans le creux de ma main. Je l'applique minutieusement sur mes cheveux lorsque mon portable se met à vibrer. Instinctivement, je jette un œil sur l'écran pour voir de qui provient le message. Seul un numéro de téléphone s'affiche.

Je fronce les sourcils et rince mes mains avant d'attraper une serviette pour les essuyer. Je prends mon téléphone et consulte le SMS.

Numéro non répertorié.

SALUT, GAMINE.

Pas de doute, je sais de qui il s'agit. C'est ce bon vieux Sands. J'enregistre son nom dans mes contacts, puis me rallonge dans la baignoire pour rédiger ma réponse.

Alexie : Salut, Sands. Que me vaut le plaisir ?

Jérémy : Eh bien, rien, figure-toi. Je voulais juste m'assurer que tout allait bien.

Alexie : Écoute, ça va. Qui t'a donné mon numéro ?

Jérémy : À ton avis ? Ma mère évidemment ! Pour que je te remercie d'accepter mon invitation de ce soir.

Alexie : Et, en gentil garçon que tu es, tu exauces ses souhaits ?

Jérémy : Pas tout à fait, non. Je ne t'écris pas pour te remercier. Je veux dire... Ça serait plutôt à toi de me remercier et non l'inverse. Mais puisqu'elle m'a donné ton numéro, autant l'utiliser.

Alexie : Je vois. Et toi, ça va ?

Jérémy : On ne peut mieux. J'ai hâte d'être à ce soir. En réalité, j'ai surtout hâte de voir si tu seras toujours aussi grande gueule devant mes potes.

Alexie : Eh ! Je ne suis pas une grande gueule.

Jérémy : Bien sûr que si ! Sûrement la plus grande que j'ai eu l'occasion de rencontrer dans ma vie.

Alexie : Tu l'es tout autant que moi.

Jérémy : Si tu le dis, gamine.

Alexie : Où est-ce qu'on va ce soir ?

Jérémy : Chez un ami.

Alexie : Tu es sûr qu'il voudra bien de moi ?

Jérémy : Il n'aura pas vraiment le choix.

Alexie : Tu ferais mieux de lui demander avant.

Jérémy : C'est bon je t'ai dit. Je viens te chercher à 20 h 30, n'oublie pas.

Alexie : T'en fais pas.

Jérémy : OK. Tu fais quoi là ?

Alexie : Rien de spécial, et toi ?

Jérémy : Rien ? Je ne te crois pas. Tu fais forcément quelque chose. Dis-moi.

Alexie : Pourquoi ça t'intéresse tant ?

Jérémy : Et toi, pourquoi refuses-tu de me le dire ? Tu as quelque chose à te reprocher… ?

Alexie : Je ne sais pas à quoi tu fais allusion, mais ce n'est pas le cas. Je prends simplement un bain.

Jérémy : Tu es seule ?

Alexie : Es-tu sérieusement en train de me poser ce genre de questions ? J'en reviens pas !

Jérémy : Je prends ça pour un oui. Ton « supposé petit copain » est en train de te laver les cheveux, j'imagine ?

Alexie : Ça suffit, Jérémy ! Je suis toute seule.

Jérémy : Tu ne veux pas me dire ce que tu faisais ? J'ai bien une petite idée mais elle ne colle pas avec l'image que je me fais de toi…

Alexie : Arrête s'il te plaît. Tu me mets mal à l'aise.

Jérémy : Tu es souvent mal à l'aise, dis-moi. Si mes souvenirs sont bons, tu l'étais aussi hier lorsque j'étais torse nu devant toi.

Alexie : Pourquoi remets-tu cette histoire sur le tapis ?

Jérémy : Il fallait voir ta tête… Tu faisais de ton mieux pour garder tes jolis yeux rivés sur mon visage alors que tu mourais d'envie de regarder mon torse et mon ventre.

Alexie : Si tu continues, je ne viens pas ce soir.

Jérémy : C'est quoi cette menace à deux balles, Bowmer ? Tu m'as habitué à mieux.

Alexie : Je ne t'ai habitué à rien du tout puisqu'on ne se connaît pas.

Jérémy : Ne nie pas les faits, Alex. Tu voulais me mater mais tu t'es retenue pour je ne sais quelle raison.

Alexie : Et alors, qu'est-ce que ça change si j'ai eu envie de te mater ou pas ?

Jérémy : Je t'ai dit que je ne touchais pas aux gamines, Alexie.

Alexie : Ça m'est égal. Je ne suis pas plus intéressée par toi que tu ne l'es par moi.

Jérémy : Nos parents vont être tristes.

Je souris et repose mon portable. Je ne sais pas pourquoi il est si convaincu que nos parents aimeraient nous voir ensemble. Peut-être veulent-ils juste que nous soyons amis ? Bon, d'accord, même moi je n'y crois pas. Mais je ne comprends pas pourquoi mes parents voudraient que je sorte avec Jérémy plutôt qu'un autre. Ils connaissent plein de garçons de notre âge, et des garçons certainement promis à un avenir plus brillant que Sands. J'attrape le pommeau de douche et me rince les cheveux. Je laisse échapper un soupir de soulagement, ça fait tellement de bien de se sentir propre. J'en profite pour retirer le masque que j'ai appliqué il y a dix bonnes minutes. Je caresse la peau de mon visage, désormais toute douce. J'adore cette sensation. Mon téléphone vibre à nouveau.

Jérémy : Si je peux me permettre, ne porte pas de robe ni de jupe ce soir, mes copains sont plutôt du genre mateurs.

Alexie : Qui te dit que je n'ai pas envie d'être matée ?

Jérémy : Personne.

Alexie : Exactement. Et comme tu me l'as si bien fait remarquer, je suis seule dans mon bain. J'aimerais bien que ça change. Ce soir, c'est l'occasion parfaite pour moi de faire de nouvelles rencontres, tu ne penses pas ?

Jérémy : Crois-moi, mes amis ne sont pas ton genre.

Alexie : Et comment pourrais-tu le savoir ?

Jérémy : Je le sais, c'est tout. Et, de toute façon, je ne les laisserai pas s'approcher de toi.

Alexie : Je peux savoir pourquoi ?

Jérémy : Ils se comportent vraiment comme des merdes avec les filles qui ont la malchance de tomber dans leurs bras. Ils sont plutôt du genre briseurs de cœurs.

Alexie : Venant de toi, je ne suis pas sûre que ces paroles vaillent quelque chose, Sands. Tu fais croire à la fille avec qui tu couches qu'il pourrait y avoir plus entre vous. Ça, dans le genre dégueulasse et briseur de cœurs, c'est pas mal.

Jérémy : Mon histoire avec Jessica est différente.

Alexie : Je ne vois pas en quoi, mais ce ne sont pas mes affaires. Je te laisse libre de tes choix et j'attends que tu en fasses autant pour moi. C'est-à-dire que tu t'occupes de TES affaires. Si j'ai envie d'être matée ce soir, ou même qu'un de tes amis s'approche de moi, tu n'as pas ton mot à dire.

Jérémy : Comme tu veux, gamine. On se voit plus tard.

Alexie : Ouais, c'est ça. À ce soir.

– 4 –

Voiture

En fille obéissante que je suis, je n'ai évidemment pas écouté Jérémy. J'ai mis une petite jupe noire malgré ses recommandations. Il apprendra qu'il ne faut jamais me dire ce que je dois faire, puisque ça me donne instantanément envie de faire l'inverse. Au départ, l'idée de dénuder mes jambes ne m'avait même pas traversé l'esprit. Vu la façon dont s'était terminée la dernière soirée que j'avais passée avec Jérémy, j'aurais plutôt eu tendance à opter pour un jogging et des baskets, parce que descendre d'un balcon en jupe ou en robe, ce n'est pas l'idéal. Mais je suis prête à prendre le risque si ça peut embêter mon cher voisin.

Après, je n'ai pas joué la carte de l'originalité. J'ai simplement enfilé un débardeur blanc, une veste en jean pour éviter d'avoir froid et mon éternelle paire de Converse. Ce n'est pas un défilé de mode non plus, et je préfère de loin me sentir à l'aise dans mes baskets plutôt que de jouer les divas en portant une paire de chaussures à talons avec lesquelles je n'arriverais pas à marcher correctement.

Je suis en train de me coiffer lorsque la sonnette retentit. Je prends une grande inspiration avant de quitter ma chambre. Il est là. Je ne me sens pas prête. Ça ne me rassure pas de passer la soirée avec des personnes que je ne connais pas. Surtout qu'elles sont plus âgées que moi. J'ai peur de faire tache, de gêner, de ne pas me sentir à ma place. J'avoue aussi ne pas être très confiante.

Je me mords les lèvres et traverse le couloir pour rejoindre les escaliers.

– Entre Jérémy, Alexie sera là dans un instant, entends-je ma mère dire depuis le rez-de-chaussée.

Ce dernier la remercie. Je serre les dents et commence à descendre les escaliers. J'espère que tout se passera bien entre Jérémy et moi. Notre échange de textos de tout à l'heure était plutôt cinglant – très, même. J'espère qu'il ne m'en tiendra pas rigueur. Ce n'était que de la provoc, ces messages, rien de sérieux. Du moins, c'est ce que c'était à mes yeux.

Lorsque j'atteins le rez-de-chaussée, les regards de ma mère et de Jérémy convergent vers moi. Mon voisin scrute ma tenue et un rictus se forme sur ses lèvres lorsqu'il voit ma jupe. Il secoue la tête avant de plonger ses yeux dans les miens.

– Bonsoir, Alex, susurre-t-il en s'approchant.

Il me fait la bise, sûrement pour paraître poli devant ma mère.

– Salut, dis-je alors qu'il embrasse ma seconde joue.

Il recule et me toise un instant avant de se placer à côté de moi.

– On va y aller, déclare Jérémy en s'adressant à ma mère. Je vous la ramène avant minuit, comme vous me l'avez demandé.

– Très bien. Passez une bonne soirée tous les deux !

Je lance un sourire à ma mère et nous quittons la maison. La voiture de Jérémy est garée au bout de l'allée. C'est un petit véhicule noir trois portes, rien de très excentrique pour une première voiture.

– Il habite où, ton ami ?

– Dans les quartiers est de la ville. Juste à côté d'ici, en fait.

– Pourquoi as-tu prévu une demi-heure de trajet, s'il vit juste à côté ? On va être bien trop en avance.

– Je me suis dit qu'il serait mieux pour toi que nous arrivions avant les autres… Histoire qu'ils ne te sautent pas tous dessus d'un coup.

Je le fixe, étonnée. Il a donc fait ça pour moi ? Je n'aurais jamais imaginé qu'il se soucierait de ce genre de détails, lui qui aime bien me mettre mal à l'aise, me charrier. Ce geste qu'il fait pour que je me sente bien – mieux, du moins – n'a pas vraiment l'air dans ses habitudes.

– Merci, dis-je simplement.

– C'est normal.

Il m'ouvre la portière côté passager et m'invite à monter d'un signe de tête. Je m'exécute et il claque la porte derrière moi. Une légère odeur de tabac règne dans l'habitacle, mêlée à celle d'un parfum pour homme. Le tout n'est pas forcément désagréable. Bon, OK, on peut même dire que cette odeur me plaît.

Jérémy monte à son tour. Il attache sa ceinture et tourne la clé pour démarrer. Il me jette un bref coup d'œil, mais son regard bifurque rapidement vers mon corps.

– Attache-toi, Alex.

Sa voix rauque retentit dans l'habitacle. J'obtempère et boucle ma ceinture. Il me sourit et la voiture démarre.

– On sera combien ? lui demandé-je.

– Je ne sais pas exactement. Ça dépend de qui vient ou non. Dans tous les cas, on ne sera pas nombreux. C'est une soirée en petit comité. On aime bien être entre nous, juste les amis proches.

– Pourquoi m'emmener si vous préférez passer du temps rien qu'entre vous ?

– Un peu de chair fraîche ne fera de mal à personne… répond-il simplement.

– C'est donc à ça que je sers ? À briser la routine ?

– Exactement, Bowmer.

Il sourit et se mord la lèvre inférieure. Je l'observe, pour réfléchir à ses mots. Je suis rassurée. L'ambiance est de nouveau légère entre nous. Notre petite bataille par SMS semble oubliée, je ne pouvais espérer mieux.

– Tu as mis une jupe.

La voix profonde de Jérémy me tire de ma contemplation. Je baisse les yeux vers mes genoux et saisis instinctivement l'ourlet de ma jupe du bout des doigts.

– Quel sens de l'observation, dis-je d'un ton sarcastique.

– Tu n'as pas suivi mon conseil.

– Je ne suis pas du genre à écouter ce qu'on me dit.

– C'est vraiment une attitude de gamine ça. Tu ferais mieux d'écouter les autres de temps en temps.

– Tu as sans doute raison. Mais je ne vois vraiment pas pourquoi j'aurais dû le faire cette fois-ci. J'ai mis une jupe, ce n'est pas la fin du monde, quand même.

– C'est toi qui vois. Mais ne viens pas te plaindre quand tu le regretteras.

– Pourquoi sembles-tu persuadé que je vais le regretter ?

Les prunelles brunes de Jérémy se posent sur moi. Ses sourcils sont légèrement froncés et toute trace de sarcasme a disparu de son visage habituellement si souriant. Sa mâchoire se contracte et il prend une grande inspiration. Je déglutis difficilement, tandis qu'il me scrute avec un air dur et froid. Je n'aime pas ça. Je n'aime pas du tout ce regard. J'ai beau ne l'avoir vu qu'une fois auparavant, je le connais déjà trop bien.

Ces deux fois me suffisent pour savoir qu'il ne présage rien de bon. Je déglutis bruyamment, je sais que ce qu'il va dire ne va pas me plaire. Jérémy redémarre, pince ses lèvres quelques secondes avant de prononcer cette phrase, d'un ton énigmatique :

– Tu comprendras bien assez tôt pourquoi je dis ça.

Puis il reporte son attention sur la route qui s'étend devant nous et ne me regarde plus une seule fois jusqu'à la fin du trajet…

– 5 –

Courant

– On est arrivés, annonce Jérémy, brisant le silence qui avait envahi la voiture.

Nous débouchons dans une rue bordée de chaque côté par des dizaines de pavillons. Tout est vert : les pelouses sont tondues à la perfection, et aucune feuille ne dépasse des buissons de rosiers.

Jérémy se gare devant une maison pleine de charme qui appartient, je le devine, à son ami. C'est une très belle résidence, à peu près similaire à celle dans laquelle je vis. Le moteur à peine coupé, il descend de la voiture et claque la portière derrière lui. Je me fige un instant, hébétée par son changement de comportement soudain. Tout se passait bien, et puis j'ai eu le malheur de poser une question. LA question qu'il ne fallait pas, visiblement.

Je descends à mon tour de voiture et contourne le véhicule pour le rejoindre. Sans même m'adresser un regard, il se dirige vers le perron. Je m'empresse de le suivre sans poser de questions. Ouvrir la bouche n'arrangerait rien, bien au contraire. Derrière lui, j'observe le mouvement de ses larges épaules tandis qu'il avance. C'est vrai qu'en regardant bien on voit facilement que la droite est plus affaissée que l'autre. Je me demande comment il s'est fait ça puisque, d'après ce qu'il m'a dit, le foot n'est qu'une excuse qu'il a inventée pour ses parents.

Nous arrivons devant la porte d'entrée de la jolie demeure. Jérémy s'arrête, je l'imite instinctivement. Il lève doucement la tête vers moi, plongeant son regard toujours aussi austère dans le mien.

– Tu es prête ? demande-t-il soudainement.

– J'imagine que oui. De toute manière, je crois qu'il est trop tard pour faire marche arrière.

– Effectivement.

Je cherche désespérément une trace de bonne humeur sur son visage, en vain. On dirait qu'il s'est complètement refermé, qu'un mur de pierre s'est érigé autour de lui, ne laissant aucune émotion filtrer, si ce n'est cet air froid, sévère et détaché. Jérémy reporte son attention sur la porte, y frappe trois grands coups. On vient nous ouvrir à peine quelques secondes plus tard. Je déglutis en découvrant le garçon qui se tient sur le seuil. Seigneur ! Il est du genre *très* intimidant. Ses cheveux châtain clair se dressent de façon anarchique sur sa tête, mais, étonnamment, ça lui va bien. Ses grands yeux en amande marron auraient le pouvoir de réduire n'importe qui au silence. Pour couronner le tout, le type fait au moins deux têtes de plus que moi. J'en reste paralysée.

– Salut, Noah.

– Salut, Jérémy, répond le gars en souriant avant de poser sur moi son regard perçant et – à mes yeux – ultra déstabilisant.

Ses fines lèvres s'étirent en un rictus qui me glace le sang.

– Tu n'es pas venu seul, à ce que je vois. Comment tu t'appelles, ma jolie ?

Cet après-midi, quand Jérémy m'a avertie que ses amis étaient aussi mateurs que dragueurs, je pensais qu'il exagérait. Mais il faut croire que non. Il n'a pas fallu plus d'une phrase à ce Noah pour trouver le moyen de me faire un compliment. Si on peut appeler ce genre d'appellation un « compliment ».

– Je m'appelle Alexie.

– Eh bien, Alexie, je suis ravi de te rencontrer.

Il me fait rapidement la bise. Jérémy nous observe, lève les yeux au ciel avant d'entrer dans la maison, sans attendre que Noah l'y invite. Ce dernier le suit du regard puis tourne la tête vers moi, un sourcil arqué.

– Il va bien ? s'enquiert-il. Il n'a pas l'air très… enjoué.

– Je ne sais pas ce qu'il a. Il est un peu bizarre depuis tout à l'heure.

Noah sourit et je me sens instantanément mieux, son côté intimidant semble à présent moins flagrant.

– C'est Jérémy, il est comme ça, murmure-t-il. Il n'est jamais très jouasse à l'idée de nous présenter une nouvelle fille.

– Pourquoi ?

– Il a peur qu'on la lui vole… ? suggère Noah.

– Tu te trompes, là. On se déteste tous les deux.

Il lève les mains, faisant celui qui n'a rien dit.

– Ce n'était qu'une suggestion. Mais il doit t'apprécier un minimum pour t'amener ici.

– On se déteste, je te dis.

C'est faux, évidemment. Je ne pense pas que nous nous détestions. Mais l'idée que Jérémy puisse m'apprécier est trop incongrue pour que je l'assimile. Je n'arrive même pas à l'envisager. Alors je préfère dire que nous nous détestons.

– On rentre ? On ne va passer la soirée sur le paillasson quand même… Sans compter que Jérémy doit déjà être en train de descendre toutes les bières de mon frigo !

Je ne peux m'empêcher de sourire. Il est plutôt sympathique ce Noah, finalement. Il me fait signe d'entrer la première, je m'exécute en le remerciant.

L'intérieur de la maison est tout aussi charmant. J'imagine que nous sommes chez ses parents, puisque tout est rangé et nettoyé à la perfection et que de nombreuses photos de famille ornent les murs.

Noah me guide jusqu'au salon où nous retrouvons Jérémy. Mon cher voisin est avachi dans le canapé beige, une bière à la main. Son ami avait raison, ils se connaissent probablement par cœur.

– Tu aurais pu m'en sortir une à moi aussi, pendant que tu y étais, dit Noah en riant.

Jérémy lève la tête et lui lance un regard noir. Je ne sais pas ce qui se passe dans sa tête pour qu'il soit si irritable, mais ça ne doit pas être beau à voir. Cette facette de lui me fait peur. La facilité avec laquelle il change de comportement me pétrifie. Il est complètement lunatique.

– J'aurais pu, oui, mais je ne l'ai pas fait, lance Jérémy.

Noah secoue la tête, l'air désabusé, avant d'aller s'asseoir à côté de son ami. Je fais de même pour ne pas rester debout comme une imbécile au milieu de ce salon étranger. À peine me suis-je assise que Jérémy me tend sa bière.

– T'en veux ? demande-t-il.

Je hoche la tête et lui prends la bouteille des mains. Alors que je porte le goulot à mes lèvres, Jérémy et moi continuons à nous fixer. Il a un petit sourire en coin en me voyant avaler une première gorgée de la boisson alcoolisée. Son regard bifurque sur ma bouche, il m'observe en train de boire. J'ingurgite une deuxième gorgée. Il replonge ses yeux dans les miens et passe sa langue sur ses lèvres pour les humecter. Je ne sais que penser. L'instant est plus qu'étrange, mais je ne peux m'empêcher d'y prendre un certain plaisir. Je suis incapable de le quitter des yeux, c'est pour dire. Je suis hypnotisée par son regard puissant et pétillant à la fois. Et j'ai toujours le goulot de la bouteille entre les lèvres. Ce goulot où il a lui aussi a posé sa bouche quelques secondes auparavant.

Je suis en train d'avaler une troisième gorgée quand on frappe à la porte. Noah se lève immédiatement et contourne le canapé pour rejoindre le vestibule.

– Je vais ouvrir, nous dit-il.

Mais ni Jérémy ni moi ne prêtons attention à ses mots. Nous continuons à nous regarder dans le blanc des yeux comme si rien d'autre n'existait autour de nous. Comme s'il n'y avait que lui et moi sur cette terre. Jérémy penche la tête sur le côté et hausse un sourcil.

– Je crois que tu as assez bu, gamine.

Il attrape doucement la bouteille, plaçant sa main à moitié sur la mienne. Je sens les battements de mon cœur s'accélérer instantanément au contact de ses doigts froids. Jérémy écarte la bière de mes lèvres pour la porter aux siennes. Nos doigts sont toujours entremêlés autour de la bouteille lorsqu'il boit à son tour une gorgée.

– Salut tout le monde !

Une voix féminine retentit derrière moi. Je retire instinctivement ma main de la bouteille et baisse les yeux comme si ce que nous étions en train de faire était illégal. Je me retourne et découvre Noah accompagné de quatre filles et trois garçons.

Jérémy se lève pour les saluer et je l'imite, restant tout de même un peu en retrait. Je me sens vraiment mal à l'aise, déstabilisée. Mal à l'aise parce que je ne connais personne, et déstabilisée par ce qui vient de se passer sur ce canapé avec Jérémy. Ce dernier tourne la tête vers moi et m'invite à m'avancer.

– Voici Alexie, ma voisine.

Une jolie brune me sourit et vient me faire la bise, posant chaleureusement une de ses mains sur mon épaule.

– Je suis Claire. Ravie de te rencontrer. Ça manquait vraiment de filles ici, tu tombes bien !

Je regarde le reste du groupe en me demandant pourquoi elle affirme que « cela manquait de filles ». Il y en a presque autant que de garçons. Claire se place à côté de moi et me présente tout le monde. Bien sûr, j'ai du mal à mémoriser tous les prénoms...

*
* *

Nous sommes tous assis dehors à boire et à nous goinfrer de chips. Un certain Louis – si mes souvenirs sont bons – s'amuse à faire le DJ. Claire et une autre fille, rousse, dansent en riant sous le regard de leurs copains. Parce que, si j'ai bien tout compris de ce que m'a expliqué Jérémy, Claire sort avec Louis et la fille rousse avec Noah. Le gars blond, William, est en couple lui aussi, avec Emma – je suis presque certaine qu'elle s'appelle comme ça –, une petite brune toute mignonne. Le dernier garçon, Maxime, flirte avec la dernière fille mais, d'après Jérémy, entre eux, ça n'a jamais été que du cul. Et beaucoup d'engueulades.

Claire m'a proposé de venir danser avec elles mais j'ai refusé catégoriquement. Je commence à peine à me sentir à l'aise avec les amis de Jérémy, il est bien trop tôt pour que je me déhanche devant eux ! J'ai donc préféré rester avec mon voisin sur le canapé du salon de jardin installé sur la terrasse. Il discute avec ses amis sans vraiment m'inclure dans la conversation. Il se contente de me jeter régulièrement des coups d'œil comme pour s'assurer que je suis bien toujours là. Il s'est détendu depuis tout à l'heure, il a repris son air décontracté, à mon plus grand bonheur.

J'avale la dernière gorgée de ma bière avant de me lécher les lèvres. Je me penche vers la petite table devant moi pour poser la bouteille vide et en prendre une autre. Au moment où j'attrape le décapsuleur, Jérémy saisit mon poignet. Je lève des yeux interrogateurs vers lui.

– Quoi ?

– Tu as assez bu, Alex. Fais une pause avant de reprendre une bière.

– Je bois pour m'occuper, si tu veux savoir.

– Tu veux dire que tu t'ennuies ?

Je hausse les épaules. Il me sourit et me fait lâcher la bouteille et le décapsuleur.

– D'accord, je m'occupe de toi. Qu'est-ce que tu veux faire ? Danser ?

– Jamais de la vie, m'exclamé-je en m'enfonçant dans le canapé.

Il rit doucement en posant son bras sur le dossier du sofa, de manière à être tourné vers moi.

– Pourquoi pas ? tente-t-il.

– Premièrement, parce que je n'aime pas danser. Et deuxièmement parce que tu es blessé. Tu ferais mieux de rester assis tranquillement, si tu veux que ton épaule guérisse.

– Tu te préoccupes de ma santé ?

– Non, pas vraiment. Je dis ça pour toi, c'est tout.

– Tu mens vraiment mal, Alex.

Il continue de m'observer en souriant. Je croise mes bras et fais de même avec mes jambes.

– Pourquoi Jessica n'est-elle pas venue ? demandé-je pour changer de sujet.

Jérémy pince les lèvres avant d'inspirer profondément.

– Elle ne fait pas vraiment partie de mes amis.

– À partir du moment où tu couches avec elle, c'est sûr qu'elle n'entre plus dans la catégorie « amis », Jérémy.

– C'est vrai… Je voulais plutôt dire qu'elle ne traîne pas avec nous. La plupart de mes potes ne la supportent pas, pour tout te dire.

Il prononce la fin de la phrase en chuchotant pour que je sois la seule à l'entendre.

– Elle est si chiante que ça ?

– Elle est vraiment chiante, ouais, sourit Jérémy. Mais je l'aime bien.

– Pourquoi ?

– J'ai mes raisons. Tu ne l'aimerais pas toi non plus, de toute façon.

– Ah oui ?

– Oui, j'en suis sûr. Vous êtes tellement différentes. Vous êtes même… deux parfaits opposés.

– Ce qui signifie que tes amis vont m'adorer, dis-je en ricanant.

– C'est possible. À ce qu'il paraît, les miracles existent.

Je lui donne une petite tape sur la joue, ce qui le fait sourire.

– T'es con !

– Je sais, tu ne m'apprends rien, là.

La musique change soudainement, passant d'une vieille chanson de Beyoncé à *la* chanson. Le visage de mon voisin s'illumine et je sais instantanément à quoi il pense.

– Tu te souviens de cette chanson, gamine ?

– Arrête de m'appeler comme ça, pour l'amour de Dieu, c'est ridicule !

– Je l'écoutais hier lorsque tu as déboulé dans ma chambre à l'improviste. Tu te souviens, j'étais torse nu.

– Comment pourrais-je l'oublier…

– J'aurais pu être nu, tu le sais, ça ?

– Je préfère ne pas y penser.

– Imagine si Jessica était arrivée un peu avant…

Je fais mine de me boucher les oreilles. Le fait qu'il soit si peu pudique me fait halluciner.

– Ta gueule, Sands.

– Je ne te ferais jamais ce plaisir. J'aime trop voir tes petites joues virer au rouge lorsque je te dis des choses un peu trop osées à ton goût.

– Je ne rougis pas.

– Si, et c'est adorable.

– On va voir si je suis toujours aussi adorable lorsque je te mettrai un coup de pied dans les couilles.

Il pose la main sur son entrejambe, comme pour protéger cette partie de son anatomie, et prend un air offusqué.

– Ne te touche pas devant moi, s'il te plaît, dis-je d'un ton suppliant. J'ai déjà des images bizarres qui me traversent l'esprit.

Il rigole, ce con. Il est détestable mais, d'un autre côté, j'adore sa compagnie. Je me sens toujours bien avec lui. Enfin, presque toujours. Quand il devient froid et distant comme il a pu l'être tout à l'heure dans la voiture et au début de la soirée, ce n'est pas une partie de plaisir. Mais sinon, il est cool. J'aime bien le taquiner et, visiblement, c'est réciproque.

– Je peux me resservir à boire maintenant que tu t'es « occupé » de moi ?

– Hors de question, on va danser ! En plus, c'est notre chanson.

– *Notre* chanson ? Non, sûrement pas. Je ne l'aime même pas, cette chanson !

– Comment tu peux ne pas l'aimer ? Elle est géniale !

– Ce ne sont que mes goûts musicaux, je ne critique en aucun cas les tiens.

Il faut qu'on se trouve une chanson alors.

– Pourquoi ?

– Parce que je fais toujours ça : associer des chansons à des personnes.

– On verra ça plus tard.

Il secoue la tête en souriant.

– Tu es une dure à cuire, toi, dit-il tout bas. Tu ne te laisses pas approcher facilement.

Il se penche vers la table, décapsule une bière et me la tend.

– Merci.

– Je fais ça uniquement pour que tu deviennes plus docile.

– Alors reprends cette bouteille tout de suite, cela n'arrivera pas.

Il ricane et se réinstalle confortablement dans le sofa. Je ne le remarque que maintenant, mais les filles ont arrêté de danser et se sont assises dans les fauteuils à côté de nous. Elles discutent tranquillement avec le reste du groupe. Je ne tente pas de m'intégrer à la conversation et me contente de boire ma bière. Je ne vois pas pourquoi j'essaierais de faire copain-copain avec eux. Je ne les reverrai probablement pas après ce soir.

– C'est au tour de qui la semaine prochaine ?

Je lève les yeux vers la blonde assise à côté de Maxime, intriguée par la question qu'elle vient de poser. Jérémy se met à tousser et elle hausse ses sourcils finement épilés, comme pour signifier : « J'ai dit un truc qu'il ne fallait pas ? »

– On parlera de ça plus tard, Suzanna, tranche Jérémy d'une voix sans appel.

– Pourquoi ? insiste-t-elle. Elle n'est pas au courant ?

Elle dit cela en me jetant un bref coup d'œil qui m'indique qu'elle parle bien de moi. De quoi ne suis-je pas au courant ? Je fronce aussitôt les sourcils et me tourne vers Jérémy avec un air interrogatif. Mais le beau brun prend bien soin de ne pas croiser mon regard et, pour je ne sais quelle raison, ça me met hors de moi.

– Non, sérieux ! Tu ne lui as vraiment rien dit ? s'étonne Louis. J'étais persuadé qu'elle était au courant et que, si elle était là, c'était parce que tu l'avais choisie !

– Choisie pour quoi ? interviens-je. De quoi parlez-vous ?

Tout le monde me fixe, excepté Jérémy qui serre les dents. Je suis complètement perdue. Qu'est-ce que tout cela veut dire ? Pourquoi Jérémy m'aurait-il choisie ? Et choisie pour faire quoi, d'ailleurs ?

Jérémy se lève soudainement et me tire par le bras. Je me laisse faire comme si j'étais devenue une poupée de chiffon malléable à souhait.

– On y va, dit Jérémy. On se voit plus tard.

Sans laisser à quiconque le temps de rétorquer, il m'entraîne jusqu'à la maison. J'essaye de me défaire de son emprise, mais rien n'y fait. Même blessé, il n'a aucun mal à me forcer à l'accompagner. Je suis presque obligée de courir pour tenir le rythme précipité de ses pas. Nous traversons la demeure à toute vitesse et rejoignons sa voiture. J'arrive finalement à m'arracher à son étreinte, ce qui le sort instantanément de sa transe. Il se retourne brusquement vers moi, les lèvres entrouvertes.

– Oh ! Mais qu'est-ce qui se passe ? De quoi parlaient-ils, putain ? me mets-je à crier.

Jérémy ne répond pas, il se contente de me fixer en reprenant sa respiration. Il contracte fermement la mâchoire, comme pour contenir sa rage.

– Jérémy ?!

– Je ne voulais pas t'en parler maintenant, bordel ! C'est trop tôt. Tu vas partir en courant !

– Comment ça ?

– Je ne peux pas te le dire, Alex. Tu n'es pas prête. On rentre.

Il ouvre ma portière et essaye de me faire monter de force. Mais je me débats tant bien que mal, gesticulant dans tous les sens.

– Je ne rentrerai pas dans ta voiture tant que tu ne m'auras pas expliqué, Jérémy.

Je suis catégorique, et je crois qu'il comprend le message. Il me lâche et pince l'arête de son nez entre son pouce et son majeur. Je m'adosse contre la voiture et croise les bras sur ma poitrine, attendant une réponse.

Jérémy vient se planter devant moi et entoure mes poignets de ses longs doigts.

– Je veux que tu sois ma coéquipière, Alexie.

Quoi ?

– 6 –

Virée

Quoi ?

Je le fixe, les yeux écarquillés. Je ne comprends pas le sens de sa phrase. *Sa coéquipière ?* Que diable entend-il par là ? Et surtout, pourquoi pensait-il qu'il était trop tôt pour m'en parler ? Pourquoi ai-je dû insister pour qu'il crache le morceau, pour qu'il me parle de cette histoire ? Et pourquoi cet air désemparé sur son visage ? Comme s'il avait dit quelque chose qu'il ne fallait pas. Ce n'est pas le cas ! Il fallait qu'il le fasse et c'est moi qui l'ai obligé à parler. Il a dit que c'était trop tôt, que je n'étais pas encore prête, que j'allais m'enfuir. Vu que je ne comprends rien, comment pourrais-je avoir envie de partir en courant ? Il faut qu'il m'en dise plus, mais il reste aussi muet que moi. Seuls nos regards s'expriment. Un regard apeuré pour lui, un regard perdu pour moi. Ses mains tiennent fermement mes poignets, comme s'il craignait que je m'enfuie s'il baissait sa garde ne serait-ce qu'une seconde. Mais je ne veux pas partir. Je veux comprendre ce qu'il entend par « coéquipière », et qu'il m'explique tout ce que ça implique. À la façon dont il me scrute, je vois bien qu'il est inquiet.

– Dis quelque chose, murmure-t-il.

J'ai la gorge serrée, je ne suis pas sûre d'être capable d'articuler le moindre mot. Son anxiété m'alarme encore plus. Qu'y a-t-il de si grave dans tout cela ? Pourquoi se montre-t-il si dramatique ?

Pourquoi cette peur ?

– Comment ça, « coéquipière » ? demandé-je après avoir pris une profonde inspiration.

– C'est compliqué...

– Pourquoi tout est toujours compliqué avec toi, Jérémy ? Je suis assez intelligente pour comprendre et je veux savoir.

– Non, crois-moi, tu préfères ne pas savoir. Pas tout de suite, du moins.

– Comment ça, « pas tout de suite » ? Tu avais prévu de m'en parler plus tard ?

– Quelque chose comme ça, oui.

– Et quand ?

– Je ne sais pas, j'aurais attendu le moment propice. Mais pas maintenant, pas ce soir. C'est trop tôt. On... On se connaît à peine.

– J'ai besoin de savoir. Tu dois m'expliquer.

Il contracte sa mâchoire et concentre son regard bouleversé sur moi. Je ne l'avais pas remarqué (déstabilisée par la situation), mais nous sommes très proches l'un de l'autre. Trop pour deux personnes qui ne sont, au fond, pas des intimes. Nos souffles se mêlent, son nez frôle presque le mien.

– Je ne peux vraiment pas… Tu ne comprendrais pas, Alex.

– Pourquoi ?

Il soupire et secoue vivement la tête. Son nez touche le mien et il se fige aussitôt. Je vois dans ses yeux qu'il vient de réaliser combien nous sommes proches. Il s'éloigne un peu, ses mains toujours serrées autour de mes poignets.

– Il faut être dans le truc pour comprendre.

– Alors laisse-moi y entrer.

– Ce n'est pas si simple. C'est un véritable engagement, Alexie.

Il lâche un de mes poignets pour passer une main dans ses cheveux en bataille. La puissance et l'intensité de son regard et notre proximité me mettent mal à l'aise. Mon cœur s'emballe tellement que j'ai l'impression qu'il va exploser en un million d'éclats dans ma poitrine. Un million de morceaux, palpitants et rougeoyants, que l'on ne pourrait jamais recoller.

– S'il te plaît, explique-moi et je serai ta coéquipière.

Jérémy laisse échapper un petit rire amer qui creuse ses deux improbables fossettes.

– Tu ne devrais pas t'engager aussi vite. Ne dis pas des choses que tu pourrais regretter la seconde d'après.

– Je ne regrette jamais ce que je fais.

– Il y a une première fois à tout, réplique-t-il.

– Pourquoi ai-je l'impression que ce que tu caches est mauvais ?

– C'est parce que c'est le cas, Alex. Je dirais même plus, ce que je cache est dangereux.

– Mets-moi en danger, alors.

Il me regarde avec un air sérieux, alors que son souffle caresse mes lèvres entrouvertes. Je ne pense pas ce que je viens de dire. Je n'ai pas envie que qui que ce soit me mette en danger. Mais ma curiosité l'emporte sur mon bon sens et je n'arrive ni à regretter, ni à rectifier mes paroles.

– Très bien, je vais te montrer, déclare finalement Jérémy. Monte.

Un frisson d'appréhension me parcourt l'échine. Je sens mes jambes se figer et je suis incapable de bouger. Va-t-il réellement me mettre en danger ? Il s'écarte et ouvre la portière passager de son auto. Mais je ne bouge pas et continue de le fixer. Il s'aperçoit de ma paralysie et radoucit sa voix.

– Monte, Alexie.

Je déglutis et finis par m'exécuter. Je monte dans le véhicule, il ferme la porte derrière moi. Je m'attache, les doigts tremblants. Que va-t-il me montrer ? Pourquoi lui ai-je demandé de me mettre en danger ? Sûrement parce que je n'aurais jamais pensé qu'il le ferait. Jérémy monte à son tour, s'attache, enclenche le moteur et démarre au quart de tour.

– On va où ? questionné-je.

– Nulle part et partout à la fois. On se fout de la destination.

Il appuie sur l'accélérateur et, quelques minutes plus tard, nous nous retrouvons sur l'autoroute presque déserte. Il n'est que vingt-trois heures trente, pourtant.

– Tu es toujours sûre de vouloir que je te montre ? demande mon voisin d'une voix profonde.

J'opine timidement, incapable de verbaliser mes pensées. J'ai déjà peur. Je ne sais pas ce qu'il entend par dangereux. Et je ne suis pas vraiment sûre de vouloir le savoir. Mais je ne peux pas me dégonfler, je perdrais toute crédibilité, toute fierté. Je ne veux pas que ça arrive. Oui, je suis fort probablement dingue de le laisser faire à cause de raisons aussi pitoyables.

– Je veux que tu le dises. Dis que tu en as vraiment envie. Je ne veux pas que tu me le reproches plus tard, Alexie.

– Vas-y. Je veux que tu me montres.

Son regard brun plonge dans le mien et un sourire se dessine sur ses lèvres.

– On y va, alors !

En moins d'une fraction de seconde, il lance la voiture à une vitesse telle que je me retrouve plaquée contre mon siège. Et cette vitesse ne fait qu'augmenter. Encore et encore. Dépassant de loin le seuil autorisé sur l'autoroute. Jérémy écrase l'accélérateur comme si sa vie en dépendait. La voiture file dans la fraîcheur du soir et je sens la peur me submerger. La route n'est pas éclairée, j'ai l'impression de foncer dans les ténèbres. De plonger dans un brouillard noir, opaque et menaçant. Ça m'angoisse. Je jette un coup d'œil au compteur : il affiche plus de cent quatre-vingts kilomètres à l'heure. Si une voiture se trouve sur la route devant nous, nous risquons de la percuter. À cette vitesse et dans l'obscurité, l'accident semble inévitable. Je me crispe et m'agrippe fermement à ma ceinture comme si cela pouvait me protéger. Putain, mais qu'est-ce qu'il fout ? Il veut nous tuer !

Je l'observe furtivement et découvre avec surprise qu'il semble aller parfaitement bien. Il sourit même, ce con ! Il est tout sauf tendu alors que la tétanie qui m'envahit m'empêche de bouger ne serait-ce qu'un doigt.

Il accélère encore et mon cœur fait une embardée dans ma poitrine.

Je ne me sens pas bien, j'ai envie de descendre immédiatement de cette voiture. Seules les bandes blanches de marquage au sol peuvent me donner une idée de la vitesse à laquelle nous roulons. Et elles défilent à une allure folle, formant pratiquement une ligne continue.

Cent quatre-vingt-quinze kilomètres à l'heure. Au bruit que fait le moteur de la petite voiture, on sent bien qu'il n'est plus capable d'endurer une telle vitesse. Un bruit abominable. Un bruit tout sauf rassurant. J'ai envie de crier à Jérémy de ralentir mais, pour une raison ou une autre, j'en suis incapable.

– Tu vois ça ? s'époumone Jérémy pour se faire entendre malgré le vrombissement du moteur. Ce que tu ressens dans la poitrine ? Ton cœur qui bat vite, le sang qui pulse rapidement dans tes veines ? C'est l'adrénaline. C'est *ça* que je recherche.

– Tu penses que j'ai suffisamment de matière pour comprendre maintenant ? Je suis assez dans le « truc » à ton goût ?

– Presque…

Jérémy baisse les vitres et un vent froid s'infiltre immédiatement dans la voiture, pour me fouetter furieusement le visage. Mon cœur bat encore plus fort. *L'adrénaline, il dit ?* Si c'est ça l'adrénaline, je n'en avais jamais sécrété avant. Jamais.

– Passe ta tête par la fenêtre, Alex ! s'exclame-t-il.

– Quoi ? m'écrié-je.

– Fais ce que je te dis !

Je desserre un à un mes doigts de la ceinture de sécurité et me penche progressivement vers la fenêtre. Mes cheveux s'envolent et viennent obstruer mon champ de vision. Je les dégage d'un geste rapide et prends une grande goulée d'air frais. Ça me fait du bien. Beaucoup de bien. Un bien fou, même. Un frisson me parcourt le corps et je passe complètement la tête à l'extérieur de la voiture.

– Tu te sens comment ? hurle Jérémy.

Comment je me sens ? Je ne sais pas. C'est bizarre comme sensation, indescriptible. Je ne me souviens pas l'avoir déjà ressentie. Pas aussi fort, en tout cas.

– Alex ?

– Bien. Je... Je me sens vivante !

– Exactement ! On se sent vivant ! C'est tout l'intérêt de faire ce genre de chose. Là, je pense que tu es assez dans le truc pour comprendre !

La voiture décélère progressivement, jusqu'à adopter une vitesse raisonnable. Les battements de mon cœur reprennent un rythme normal, eux aussi.

– Tu vas m'expliquer maintenant ? dis-je, impatiente.

– Non, pas ce soir. Je dois te ramener chez toi, il est presque minuit.

Nous quittons l'autoroute à la sortie suivante. Je n'ai aucune idée d'où nous sommes. Les dernières minutes ont été si intenses que je n'ai pas fait attention à la distance que nous avons parcourue.

– Alors c'est tout ? continué-je. Ce sont les seules infos auxquelles j'aurais droit ce soir ? Ça ne me dit pas pourquoi tu veux que je sois ta coéquipière. Et ta coéquipière de quoi, d'ailleurs ?

– Je t'en parlerai un autre jour, Alexie. Aujourd'hui, ce n'est vraiment pas le moment.

– De quoi as-tu peur, au juste ? Que je ne veuille plus te parler une fois que tu m'auras tout expliqué ? Ne fais pas comme si tu tenais à moi. Tu te fous qu'on se parle ou non. Et moi aussi, d'ailleurs. On s'en fout tous les deux parce que nous ne sommes rien de plus que des voisins. Au pire, que se passerait-il ? Je n'accepterais pas d'être ta coéquipière ? Je ne vois pas où est le problème.

– Non. Au pire, tu en parlerais à tes parents qui en parleraient aux miens.

– Je n'arrive pas à y croire ! Jamais je ne raconterais quoi que ce soit à mes parents !

– Je déconne, Alex. Je le sais bien. Mais je ne peux juste pas balancer ça comme ça.

– Pourquoi pas ?

– Tu me fais chier là. Ça ne sert à rien d'insister, tu ne sauras rien de plus ce soir. Je t'ai déjà donné énormément d'indices.

Je me renfrogne et croise les bras sous ma poitrine. Ce qu'il est têtu… Presque autant que moi. Nous parcourons le reste du trajet en silence. Mais ça ne me gêne pas plus que ça. J'admire la ville plongée dans l'obscurité et je la trouve magnifique. Les étoiles qui parsèment le ciel lui donnent un léger halo.

Nous arrivons dans notre quartier et je me sens soulagée. Je ne suis pas morte sur cette putain d'autoroute ! Jérémy se gare devant chez moi, je ne perds pas une seconde pour me détacher et sortir de la voiture. Mais, à peine debout, je suis obligée de m'appuyer contre le véhicule. Mes jambes sont en coton, je suis presque incapable de tenir debout.

– Merde, jure Jérémy.

Je l'entends descendre à son tour et, quelques secondes plus tard, le voilà devant moi.

– Ça va ? s'inquiète-t-il.

– Ouais… Mais je n'ai plus aucune force dans les jambes.

– C'est l'adrénaline qui redescend. Ça m'arrive des fois, explique-t-il. Rien de grave, ne t'en fais pas.

– Ça dure combien de temps ?

– Quelques minutes. Ou plus, si tu réagis mal. Je t'aide à rentrer ?

– Je veux bien, oui, merci.

Il enroule son bras autour de ma taille et me colle contre lui pour me soutenir. Je sais que son geste n'a rien d'ambigu, mais je ne peux m'empêcher de frémir. C'est la première fois qu'un garçon me tient si près de lui. Ça me fait bizarre, j'espère sincèrement qu'il ne le sent pas. Je ne veux pas lui donner une raison supplémentaire de me traiter de gamine.

Il tourne la tête vers moi et j'ose relever les yeux vers lui. Nous nous regardons quelques instants, je lui offre un sourire reconnaissant.

– On y va ?

– Oui, bien sûr, répond-il.

Nous commençons à marcher vers la maison. Jérémy supporte une grande partie de mon poids. Je me serais sûrement étalée comme une crêpe sur le gazon sans lui. Nous atteignons la porte d'entrée, elle n'est pas fermée à clé. Nous entrons et il m'aide à monter l'escalier. Ça prend un temps interminable, c'est fou. D'habitude, je monte ces marches quatre à quatre, en courant. Et là, je me sens complètement démunie. Ce tour en voiture m'a foutu un sacré coup. Mon corps et mon esprit n'ont pas l'habitude d'être stimulés et poussés à bout comme ils l'ont été ce soir, et c'est sûrement pour ça que je réagis si mal.

Après deux minutes d'effort, nous parvenons à l'étage. Jérémy me maintient encore pour traverser le couloir jusqu'à ma chambre, et c'est à ce moment-là que nos corps se séparent. Je prends appui contre le mur, pour être sûre de ne pas m'écrouler, et regarde mon voisin. Il a les mains dans ses poches, les yeux baissés et l'air absent.

– On se voit plus tard, alors, dit-il en relevant la tête vers moi.

– J'imagine que oui.

– Dans ce cas, bonne nuit, Alexie.

– Bonne nuit.

Il m'adresse un petit sourire et fait demi-tour, disparaissant dans le couloir plongé dans l'obscurité. Je m'octroie une seconde pour reprendre mes esprits et pénètre dans ma chambre. Une chance que mon lit ne soit pas loin de la porte, je ne suis pas sûre que j'aurais été capable de traverser la pièce. Je me laisse tomber sur le matelas en soupirant. Je m'allonge sur le dos, les bras le long du corps, les yeux braqués au plafond. Je me remémore tous les événements de la soirée. L'épisode de la bière, la rencontre avec les amis de Jérémy, la confrontation, la virée nocturne, notre proximité physique… Ça fait beaucoup pour une seule soirée.

J'appose les mains sur mon front et me mets à sourire comme une idiote.

Putain de merde.

– 7 –

Éclats

– Qu'as-tu fait ce week-end ? me demande Opaline en s'asseyant à côté de moi dans le bus.

La journée vient de s'achever et je suis crevée. Les deux heures de sport que nous venons de faire ont eu raison de moi. Je ne me sens plus capable de rien. Pas même de tenir une conversation avec ma meilleure amie, qui, elle, semble en pleine forme. Il faut dire qu'elle n'est pas venue au lycée ce matin. L'excuse ? L'inévitable « mon réveil n'a pas sonné ». Forcément, quatre heures de cours en moins, ça aide. Elle est resplendissante, et je ne suis qu'une loque agonisant sur un siège, au fond d'un bus miteux. Je jette un coup d'œil à la jolie brune qui se repoudre le nez sans me prêter plus d'attention que ça.

– Rien de spécial, finis-je par répondre laconiquement.

Elle lève les yeux de son miroir en haussant un de ses sourcils parfaitement épilés. Elle pointe son gros pinceau plein de poudre vers moi, comme on pourrait braquer une arme.

– Tes parents n'étaient pas censés sortir vendredi soir ? souligne-t-elle.

– Si.

– J'ai attendu ton appel toute la soirée, tu sais ? J'étais persuadée que tu profiterais de leur absence pour m'inviter.

– C'était le plan, au départ, dis-je en soupirant.

– Comment ça, au départ ?

– Eh bien disons que ma voisine n'a pas souhaité me laisser passer la soirée seule. Elle m'a invitée chez elle pour que je puisse faire la connaissance de son charmant garçon.

– Charmant, tu dis ?

– C'est une façon de parler, dis-je, sur la défensive. Et ma mère n'est pas venue à ma rescousse, figure-toi ! Elle m'a laissée passer la soirée avec un mec plus vieux que nous.

– Vraiment ? Ça ne lui ressemble pas de laisser son petit agneau entre les pattes du grand méchant loup…

– Arrête avec tes comparaisons à la con ! Je ne suis en aucun cas un petit agneau et Jérémy n'a rien d'un prédateur.

– Donc il s'appelle Jérémy. Sympa comme nom !

– Je ne vois pas en quoi, c'est un prénom comme un autre, rétorqué-je.

– Tu rigoles ou quoi ? C'est hyper sexy comme nom ! Je le connais, ce gars ?

– Peu de chances. C'est mon voisin, je t'ai dit.

Elle hausse les épaules avant de poursuivre ses retouches maquillage.

– Et alors, il est cool ?

– Oui, il est sympa. Et très taquin.

– Il est taquin ?

– Oui, il aime bien me charrier… J'aime bien ça moi aussi, tu me diras.

– Tu aimes bien, tu dis ? Il ne te plairait pas un peu, ce Jérémy ?

– Non ! Il est juste cool, rien de plus.

– Et physiquement, il est comment ?

– On s'en fout, OK ? Ça n'a aucune importance.

– Bien sûr que si ! Je veux savoir s'il y a une chance que tu sortes avec.

– Non, aucune.

– Pourquoi ? insiste Opaline.

– Premièrement parce qu'il ne m'attire pas. Et deuxièmement parce qu'il n'aime pas les gamines dans notre genre. Il n'y a donc aucune chance pour que nous sortions un jour ensemble ni même que nous soyons simplement attirés l'un par l'autre.

– C'est ce que tu dis maintenant… On en reparlera quand il t'aura roulé une pelle.

J'écarquille les yeux avant d'éclater de rire. Elle est vraiment pas croyable, celle-là ! C'est sûrement pour ça que c'est ma meilleure amie. Elle est un peu comme Jérémy, pour le coup. Elle dit toujours ce qui lui passe par la tête en se fichant complètement des répercussions éventuelles. J'aime sa désinvolture et son insouciance.

– Tu racontes vraiment n'importe quoi, dis-je en secouant la tête.

– Qu’est-ce que t’en sais, d’abord ? J’ai des dons de médium, je te rappelle.

– Selon qui ?

– Personne n’a eu besoin de me le dire. Je le sais, c’est tout.

– Je crois me souvenir que tes dernières prédictions étaient fausses, pourtant.

– Quelles prédictions ? s’étonne-t-elle.

– Celles de l’année dernière, quand tu me disais que j’aurais un copain et une moyenne supérieure à quatorze au dernier trimestre. Ce genre de choses… Et la liste est longue !

– Bon, mes prédictions ne sont pas fiables à cent pour cent, je te l’accorde. Mais, cette fois, je le sens gros comme une maison. Il est beau gosse, pas vrai ?

– Ouais, il est pas mal.

– Je ne t’ai pas demandé s’il était pas mal mais s’il était beau gosse, il y a une grande nuance, Alex !

– Bon OK, il est beau gosse.

– J’en étais sûre, sourit Opaline. Il va te rouler une sacrée pelle et t’allonger sur le capot de sa voiture !

Cette fois, je lui frappe l’épaule. Ce qui arrache un rire satisfait à cette imbécile. Elle referme son poudrier et le range dans son sac avant de se tourner vers moi.

– Et alors, vous avez fait quoi ? me demande-t-elle.

– Pas grand-chose… On a discuté. Mais pas très longtemps, parce que son plan cul nous a interrompus.

– Il a un plan cul ? s’exclame-t-elle.

– Ouais, et je suis sûre que c’est une sacrée bombe, en plus.

– Les plans cul sont toujours des bombes, Alex. Sinon, ce seraient pas des « plans cul ».

– Ouais, enfin bon, j'ai dû rester une demi-heure à tout casser. Mais on s'est revus samedi.

– Ah ouais ?

– On a fait un footing ensemble, et il m'a invitée à l'accompagner à une soirée.

– Carrément ! Et tu oses me dire que le baiser fougueux est inenvisageable ?

Je lève les yeux au ciel. Je sais qu'Opaline a totalement tort. Qu'il ne se passera jamais quoi que ce soit entre Jérémy et moi. Il l'a dit lui-même : les gamines, c'est pas son truc.

– Et alors, cette soirée ? relance ma meilleure amie.

– J'ai rencontré ses amis. Ils étaient plutôt sympas.

– C'est tout ?

Je ne suis pas sûre que ça soit une bonne idée de parler à Opaline de cette histoire de coéquipière. Ni même d'évoquer notre virée en voiture. Je préfère lui dire qu'il ne s'est rien passé de spécial, et garder le reste pour moi. Après tout, ça ne la regarde pas.

– Ouais. C'était une soirée en petit comité, tu vois. On a juste discuté et écouté de la musique.

– OK, soupire-t-elle, un peu déçue.

Elle aime faire sa commère, tout le monde le sait. C'est justement le problème. Je ne peux pas lui parler de la soirée de samedi soir en détail, pour la simple et bonne raison que je sais qu'elle ira tout raconter dès que j'aurai le dos tourné. Elle est comme ça, Opaline. Et je l'accepte. Seulement, je me garde bien de lui confier des choses compromettantes à mon sujet, question de sécurité.

Mon arrêt est proche. Je trépigne d'impatience à l'idée de rentrer chez moi. J'ai besoin d'une douche… et d'une bonne sieste. Je n'ai pas beaucoup dormi la nuit dernière. Les événements de samedi soir me hantaient, pour être sincère. Je ne me suis endormie que vers deux heures du matin. Je ne cessais de me demander ce que Jérémy entendait par « coéquipière ». Si ce qu'il cache a un rapport avec les voitures et la vitesse, ou avec d'autres choses du même genre. Je n'en sais rien. Je sais juste qu'il recherche les montées d'adrénaline.

Le bus arrive enfin à mon arrêt. Je me lève aussitôt, dis au revoir à Opaline en l'embrassant sur les deux joues et descends. Je prends une grande inspiration en sortant et m'engage dans ma rue.

Je suis à quelques mètres de chez moi quand j'aperçois deux silhouettes dans le jardin de Jérémy. Il ne me faut pas longtemps pour le reconnaître, lui. Il est avec une fille que je n'ai, en revanche, jamais vue. J'entends des éclats de voix énervés. Je comprends vite que cette fille, c'est Jessica, et qu'elle est en train de faire une crise à Jérémy. Plus je me rapproche, plus les traits de la fille sont distincts. Elle a des cheveux d'un brun intense, une peau mate impeccable et, vu la faible différence de taille qu'il y a entre elle est Jérémy, elle doit facilement faire un mètre soixante-quinze.

Elle réunit tous les critères de la bombe, c'est certain. J'ai rarement vu une fille comme ça – hormis dans les magazines de mode, j'entends. Elle est superbe, et ça me fout immédiatement un coup au cœur. Voilà le genre de fille qu'il faut être pour approcher mon voisin. Je repense aux prédictions d'Opaline, et je ne peux m'empêcher de laisser échapper un petit rire blasé.

Mes gloussements n'étaient visiblement pas discrets puisque Jérémy et la fille se tournent vers moi. Je ne sais plus où me mettre, ils vont penser que je me foutais de leur gueule. Bon, ça aurait pu être le cas. Je croise le regard de Jérémy et vois dans ses prunelles qu'il n'est pas de bonne humeur. Je reste un instant hébétée, à le fixer, avant de reprendre mes esprits et de me précipiter jusque chez moi.

Il n'y a plus aucun bruit dans la rue. Visiblement, ma présence les a dérangés. Je me rue à l'intérieur et pose une main sur ma poitrine après avoir fermé la porte d'entrée. La discrétion et moi, ça fait deux. J'inspire profondément et grimpe l'escalier en courant. J'entre dans la chambre de mes parents, d'où je pourrai espionner Jérémy et sa belle brune.

Cachée derrière le rideau, j'observe par la fenêtre. La fille est face à moi, Jérémy de dos. Ce dernier pose la main sur l'épaule de celle que je suppose être Jessica. Elle a une mine déconfite. Je ne sais pas ce qui s'est passé, mais je n'aimerais pas être à sa place. Elle a l'air dépitée, la pauvre.

Je perds toute once de pitié pour elle lorsqu'elle se jette dans les bras de Jérémy. La première chose à laquelle je pense, c'est qu'elle a dû lui défoncer encore plus l'épaule. La seconde, c'est qu'elle est à dix mille lieues de s'imaginer qu'il n'en a rien à foutre d'elle.

Finalement si, je lui accorde ma pitié.

Je soupire et vais m'asseoir sur le lit de mes parents en sortant mon portable de ma poche. Je le déverrouille et envoie un message à Opaline.

> C'est confirmé : le plan cul de mon voisin est une bombe. Et encore, je pèse mes mots !

– 8 –

Insomniaques

Un flot de questions embrument constamment mon esprit. Je suis obnubilée par Jérémy. Par ses secrets. Par sa mystérieuse blessure à l'épaule. Par cette virée en voiture qui m'a laissée dans un drôle d'état.

Je me sens différente depuis vendredi soir. Le rencontrer m'a totalement bouleversée. J'étais à des années-lumière de me douter que mon voisin était quelqu'un qui sortait autant de l'ordinaire. Il m'a fait découvrir, en l'espace de trois jours, une palette d'émotions incroyables. Parmi elles, une reste ancrée à l'intérieur de mon être : la curiosité. Je ne peux m'empêcher d'avoir envie de savoir. Tout le temps. À chaque seconde. Ce gars m'attire, tout ce qui le concerne m'intéresse.

J'aimerais pouvoir le percer à jour. Et je me donnerai les moyens d'y parvenir.

Mais je ne sais pas par où commencer. Je ne sais même pas quand je pourrai le revoir. Je n'ai aucune raison d'aller toquer chez lui, ni même de lui envoyer un message. Si ça se trouve, il n'a pas l'intention de me recontacter. Peut-être n'étais-je qu'une petite distraction pour le week-end. Ça ne m'étonnerait pas, après tout. Mais ça ne serait pas logique. Pas après la soirée de samedi. Il m'a demandé d'être sa coéquipière, il m'a révélé une partie de sa vie qu'il garde secrète en général. Je ne vois pas pourquoi il aurait pris le risque de m'inclure là-dedans pour m'en écarter aussitôt après. Ça n'aurait aucun sens.

Encore une fois, je n'arrive pas à dormir. Mes insomnies persistent et elles ne semblent pas décidées à me laisser ne serait-ce qu'une nuit de répit. Un coup d'œil à mon portable m'indique qu'il est minuit et demi. Bien qu'il ne soit pas très tard, j'ai l'impression de me tourner et me retourner dans mon lit depuis des heures.

Je balance la couette et me lève d'un bond. J'enfile un long gilet et me dirige vers la fenêtre. Je l'ouvre et m'y accoude, espérant que l'air frais me fera du bien. Elle donne sur le balcon de Jérémy. Tout, même l'orientation de ma fenêtre, semble vouloir le ramener à mon souvenir. Et le voilà qui occupe à nouveau mes pensées. Les rideaux de sa chambre sont fermés, mais on peut quand même voir la lumière percer au travers. Je ne peux m'empêcher de me demander ce qu'il fait. S'il lit, s'il est sur son ordinateur ou sur son téléphone, s'il échange des textos avec quelqu'un, s'il rêvasse, s'il écoute de la musique, s'il se prépare à aller en soirée ou encore s'il a conscience de la curiosité qu'il suscite chez moi.

Je soupire longuement. Je lève les yeux vers le ciel presque dénué d'étoiles. Ça me rappelle samedi soir, lorsque nous avons filé sur l'autoroute au creux de la nuit obscure. C'était tellement... effrayant et stimulant à la fois. Je n'ai jamais rien ressenti de tel auparavant. C'était complètement dingue, et je dois avouer que j'aimerais revivre cela.

Un bruit de fenêtre qu'on ouvre me tire de mes pensées. Je baisse la tête et découvre Jérémy sur son balcon, une cigarette à la bouche. Il passe une main dans ses cheveux, l'air nonchalant, avant de poser les yeux sur moi. Il a l'air étonné de me voir là, face à lui.

Il lève la main pour me saluer. Je reproduis son geste tel un automate. Jérémy me sourit et recrache la fumée de sa cigarette. Un léger sourire se forme sur ses lèvres tandis qu'il sort quelque chose de la poche du jogging qui lui tombe sur les hanches. Il semble rédiger un message avant de remettre l'objet à sa place initiale. Le regard ténébreux du brun se repose sur moi et il écrase son mégot sur les dalles de son balcon.

Quelques secondes plus tard, mon portable sonne dans ma chambre. Je vais chercher mon téléphone perdu dans les replis de ma couette. Je le trouve rapidement et lis le message qu'on vient de m'envoyer.

Jérémy : Rejoins-moi dehors.

Mon sang ne fait qu'un tour et je n'attends pas une seconde pour m'exécuter. Un bref coup d'œil en direction de ma fenêtre m'apprend que Jérémy a quitté son balcon. Je me rue vers le couloir et descends en vitesse, en veillant tout de même à ne pas faire de bruit. Au rez-de-chaussée, j'enfile une paire de baskets et sors. Dehors, le calme règne, et je ne vois pas Jérémy. Je me dirige vers sa maison en scrutant les ténèbres autour de moi, mon portable toujours à la main. Le silence de la nuit et le manque d'éclairage ne me rassurent pas. L'obscurité m'oppresse et mon cœur bat à m'en décrocher les côtes. Lorsqu'une main se pose sur mon épaule, je sursaute de surprise. Je me retourne et me retrouve nez à nez avec Jérémy qui, vu son sourire en coin, semble content de m'avoir effrayée.

– Salut, gamine.

– Salut, idiot.

Il ricane en laissant retomber sa main le long de mon bras. Je sens mon épiderme picoter à l'endroit où ses doigts glissent, comme si une réaction chimique se produisait quand nos deux peaux entrent en contact.

– Ça va ? demande-t-il.

– Bien. Et toi ?

– Tranquille. On ne dormait pas, à ce que je vois.

– Effectivement, je ne dormais pas.

– Tu as cours demain, pourtant.

– Je suis insomniaque, si tu veux tout savoir.

– Ah oui ? On va bien s'entendre alors.

Il me sourit une fois encore. Ses doigts finissent de glisser le long de mon avant-bras et s'enroulent autour de mes poignets.

– Suis-moi, murmure-t-il.

Il m'entraîne derrière chez moi, dans mon jardin. Les lampions illuminent la pelouse et la petite terrasse. Le claquement de nos pas sur les lattes de bois me rappelle que mes parents dorment à l'étage, et que le moindre bruit pourrait les réveiller. Il est inutile de mentionner que je n'ai aucune envie que ça se produise.

Jérémy s'approche de la piscine et s'agenouille au bord. Il trempe sa main dans l'eau, pour évaluer la température. Puis il se retourne vers moi et me fait un signe de tête, m'intimant de m'approcher.

– On pique une tête ? demande-t-il.

– Quoi ?

– L'eau est super bonne. Ça serait bête de ne pas en profiter !

Jérémy se relève promptement et retire son tee-shirt.

– Attends, tu vas vraiment y aller ? m'étonné-je.

– Bien sûr que oui ! Et toi, tu viens ?

– Je ne sais pas. Il est tard.

– Justement, les bains de minuit, c'est top !

Il retire son pantalon et je détourne le regard. Je ne sais pas si c'est une bonne idée, je ferais mieux de remonter dans ma chambre et d'essayer de dormir. Bon OK… c'est stupide. Il est clair que je n'arriverais pas à m'endormir, surtout maintenant !

Quelques secondes plus tard, Jérémy saute dans l'eau. Une multitude de gouttelettes m'éclaboussent.

– Hé ! m'exclamé-je. Tu m'as toute mouillée !

– C'est le but. Tu n'as plus qu'à venir te venger, Alex.

– Compte sur moi !

Je me déshabille à toute vitesse, ne gardant que mon haut de pyjama en plus de mes sous-vêtements, et je plonge dans la piscine. L'eau est bien meilleure que je l'imaginais. Sa douceur m'enveloppe, et je me demande alors pourquoi je ne viens pas me baigner plus souvent. C'est si relaxant. Je remonte finalement à la surface et plaque mes cheveux en arrière. Jérémy me regarde en souriant de toutes ses dents. Ce gars a toujours le sourire, c'est incroyable ! Ce soir, c'est encore plus flagrant. Je m'approche de lui et l'asperge d'eau jusqu'à l'aveugler. Je rigole comme une idiote lorsqu'il place ses mains devant lui pour se protéger.

– Tu ne perds rien pour attendre ! s'écrie-t-il.

Il s'approche de moi et m'attrape par les hanches. Il me soulève et me balance dans l'eau un peu plus loin, en lâchant un râle guttural, sûrement à cause de son épaule. Comme je ne m'y attendais pas, je bois la tasse. J'émerge en toussant à en cracher mes poumons. Jérémy se tord de rire, bien qu'une de ses mains reste posée sur son épaule blessée.

Quel enfoiré ! Quand ma quinte de toux s'atténue, je lui dis :

– Ne te moque pas de moi, imbécile ! J'aurais pu me noyer !

– Bien sûr que non. Et puis, si ça avait été le cas, je serais venu te sauver.

Son éternel sourire s'efface, laissant place à une expression dure sur son visage.

– Je ne laisserais personne mourir par ma faute, ajoute-t-il.

Jérémy ferme les yeux et contracte la mâchoire. Sa phrase et sa réaction me font froid dans le dos.

Pourquoi a-t-il jugé utile d'ajouter ces mots ? Je reste paralysée, à quelques mètres de lui, incapable de faire autre chose que respirer. Je sens la chair de poule hérisser ma peau, une étrange sensation d'insécurité m'envahit.

Ses paupières s'ouvrent à nouveau, révélant une paire d'iris sombres. Je ressens immédiatement le besoin de m'éloigner de lui. D'une manière ou d'une autre, il me terrifie. Ma respiration s'accélère, comme si j'étais face à un prédateur.

Jérémy semble deviner mon malaise, puisqu'il esquisse un petit sourire pour tenter de me rassurer. Mais ça ne fonctionne pas. Je distingue dans ses pupilles un aspect qui m'était inconnu jusqu'à présent.

– Tu es sûre que ça va, Alex ? Tu es toute pâle.

– Ouais… Tout… Tout va bien.

Il s'approche de moi et mon sentiment de malaise s'accentue. Je suis incapable de bouger, je me sens complètement impuissante. Jérémy arrive à ma hauteur, ne laissant que quelques centimètres entre nos corps. J'ai cette désagréable impression que je vais me mettre à suffoquer d'une minute à l'autre s'il continue d'avancer. Il lève la main et replace une mèche de mes cheveux derrière mon oreille. Il effleure brièvement ma joue avant de laisser retomber sa main dans l'eau.

– Je blaguais, Alexie. Tu peux te détendre, je ne suis pas un tueur ou quelque chose dans le genre.

Il ricane doucement à sa remarque quelque peu étrange. Je le regarde, les yeux écarquillés, ne sachant quoi faire. J'ai certainement l'air d'une folle. Et c'est probablement ce que je suis. C'est vrai, pourquoi ai-je extrapolé ? Sa phrase n'avait rien d'ambigu. C'était une blague, comme il vient de le dire. Ou une envie de me faire flipper. Si c'est le cas, alors c'est plus que réussi.

– Ouais, désolée. Je suis un peu sur le qui-vive depuis… samedi soir, admets-je. Cette histoire de coéquipière m'intrigue tellement. Tout ça a dû me monter à la tête, pardon.

– Ça va, Alex. Il n'y a pas de problème. J'adore te taquiner, je crois que tu l'as compris. J'y vais peut-être un peu fort de temps en temps, excuse-moi.

– Quand m'en diras-tu davantage ?

Je n'ai pu m'empêcher de poser la question.

C'est sorti comme ça, sans que j'aie pris le temps d'y réfléchir.

– Impatiente, à ce que je vois, susurre-t-il. Pas tout de suite. Je crois que je t'ai déjà assez fait peur pour la nuit. Tu ne penses pas ?

Cette fois, il a raison.

– Quand, alors ?

Jérémy s'apprête à me répondre lorsque, au-dessus de nous, nous entendons le bruit d'un store électrique. Nous relevons instinctivement la tête. La fenêtre du bureau s'ouvre et mes parents sortent la tête, l'air fatigués et passablement énervés. *Putain de merde !* Je m'enfonce dans l'eau jusqu'au menton, et jette un coup d'œil à Jérémy. Il a l'air tout aussi démuni que moi.

Chopés.

Aucun de nous n'ose prononcer un mot, et mes parents se contentent de nous observer. J'ai le cœur gros et une boule s'est formée dans ma gorge. Ils vont m'engueuler, c'est certain. Et pas qu'un peu !

Mon regard croise celui de mon père, et celui-ci se contente de soupirer. Quelques secondes plus tard, mes parents referment la fenêtre et rabaissent le store. La tension finit par retomber, mais mon rythme cardiaque, lui, reste toujours aussi élevé. Jérémy se met à rire comme un imbécile. Je l'éclabousse, furieuse que nous ayons été surpris.

– Arrête de rire, idiot ! Je vais me faire engueuler.

– Oh ça va, Alex. C'était énorme ! Tu as vu leurs têtes ?

– Oui, j'ai vu. Et c'est bien pour ça que je m'inquiète, figure-toi.

Je secoue la tête et nage jusqu'au bord de la piscine. Je sors rapidement et récupère mes affaires. Jérémy me rejoint et se place face à moi. La vision de son grand corps presque nu et dégoulinant d'eau me perturbe. J'ai horriblement envie de le détailler, pour être honnête. Mais ses yeux braqués sur moi me dissuadent de le faire.

– Je vais rentrer, dis-je.

– Oui, il vaudrait mieux, ricane-t-il.

– Bonne nuit.

Je me retourne et m'éloigne. Mais à peine ai-je fait deux pas que je sens la poigne de Jérémy se resserrer autour de mon biceps.

– Attends, murmure-t-il.

Il s'approche de moi, collant pratiquement son torse contre mon dos. Je sens sa respiration s'abattre sur la peau humide de ma nuque.

– J'aimerais qu'on se voie demain, quand tu rentreras des cours. On doit parler d'un certain nombre de choses, tous les deux.

Sa voix grave et profonde m'électrise de la tête aux pieds. Ma respiration se bloque un instant et j'avale ma salive.

– D'accord ? insiste-t-il.

J'acquiesce rapidement avant de m'arracher à son étreinte et de m'éloigner définitivement de lui…

– 9 –

Rejet

Je me rends dans la cuisine, pour prendre mon petit déjeuner. Mes parents, déjà attablés, croquent dans des biscottes beurrées.

Aucun d'eux ne bouge lorsque j'entre dans la pièce, ils gardent les yeux rivés sur le fond de leur tasse de café.

– Bonjour !

Je me dirige vers le frigo et en sors une brique de lait. Je m'attends à me faire engueuler. C'est inévitable, et c'est sûrement pour ça que mes parents restent aussi silencieux. Trouver leur fille à moitié nue dans une piscine avec un garçon au beau milieu de la nuit leur donne effectivement une bonne raison d'être en colère.

Je vais m'asseoir sur la dernière chaise libre, en bout de table. Je me verse un verre de lait et attrape une tranche de brioche qui traîne dans la corbeille à pain. Je n'ose même plus relever la tête, de peur de croiser leur regard.

– À quelle heure finis-tu les cours, ce soir ? demande soudainement mon père.

Je lève les yeux et croise son regard sévère. J'avale une gorgée de lait, espérant que cela me donnera ne serait-ce qu'un peu de courage.

– Dix-sept heures, il me semble.

– Tu rentres après ? poursuit ma mère.

– Je pense, oui.

À vrai dire, non, je n'ai pas l'intention de rentrer tout de suite puisque Jérémy veut que nous nous voyions. Mais ni ma mère ni mon père ne pourront le vérifier, étant donné qu'ils rentrent tard le mercredi soir.

Je mords dans ma brioche, attendant qu'un de mes parents aborde l'incident de cette nuit. Mais ma mère se contente de hocher la tête puis se met à discuter travail avec mon père. Ils semblent tous les deux en avoir fini avec mon cas, et je ne peux m'empêcher de trouver ça étrange. Je fronce les sourcils et les observe, intriguée. Ça ne leur ressemble pas. Habituellement, j'aurais été privée de sortie jusqu'à la fin du mois mais, là, rien du tout. On dirait que ça leur passe au-dessus de la tête.

Bien que j'aie terminé mon petit déjeuner, je décide de rester et d'attendre qu'ils aient fini le leur. Je veux parler à ma mère. J'ai besoin d'en savoir plus sur cette réaction – ou plutôt non-réaction – complètement inattendue.

Mon père ne tarde pas à quitter la cuisine tandis que ma mère débarrasse le reste de la table. Je l'aide à tout ranger. Après quoi, je me poste devant elle et la jauge du regard. Elle relève ses yeux bleus, de la même couleur que les miens, en haussant un sourcil.

– Tu as besoin de quelque chose, ma chérie ? demande-t-elle d'une voix mielleuse.

– Hum, ouais. Je voulais savoir, tu sais… Par rapport à ce qui s'est passé cette nuit. Pourquoi vous n'avez rien dit ?

Ma mère me regarde avec une expression que je suis incapable de déchiffrer.

– Alexie, tu es grande maintenant. Ton père et moi savons pertinemment que nous ne pouvons pas t'empêcher de vivre ta jeunesse. De plus, Jérémy est un garçon bien. Nous lui faisons confiance à cent pour cent.

– Et c'est tout ? Vous ne dites rien ?

– Tu préférerais que nous te punissions et t'empêchions de voir ce garçon ?

– Ce n'est pas ce que j'ai dit.

– Bien, nous sommes d'accord. Va te préparer maintenant.

Je regarde ma mère encore quelques secondes avant de m'éclipser de la cuisine, craignant qu'elle change d'avis et me prive de sortie.

*
* *

Ma journée de cours n'en finissait pas. J'ai passé la quasi-totalité de mon temps à penser à ce soir. À la discussion que j'allais avoir avec Jérémy. De toute évidence, il va m'en dire plus concernant les événements de samedi dernier. J'ai hâte d'y être, hâte d'entendre ses explications. Je vis au ralenti depuis samedi, l'esprit torturé. Il faut que tout ça cesse, afin de calmer le flot de pensées qui me submerge.

Le bus s'arrête à ma station. Je dis au revoir à Opaline et descends. La rue redevient silencieuse au fur et à mesure que le véhicule s'éloigne, me laissant seule avec le chaos qui fait rage dans ma tête. Tout un tas de suppositions, plus folles les unes que les autres, tournoient dans mon esprit. Je suis incapable de réfléchir correctement et de faire la part des choses.

Jérémy est assis sur les marches du perron de ma maison. Il lève les yeux lorsqu'il me voit approcher et je sens une boule se former dans mon ventre. Son regard charbonneux me transperce et, sans vraiment m'en rendre compte, je me fige au beau milieu de l'allée. Jérémy se lève aussitôt et avance jusqu'à moi d'un pas assuré. De mon côté, je suis tout sauf confiante. J'ai presque envie de faire demi-tour et de remonter la rue en courant. Maintenant que j'y suis, j'ai peur. Peur de savoir ce qu'il va me révéler.

Jérémy arrive à mon niveau, me surplombant de sa haute taille. Son visage ne laisse rien paraître, il arbore un air neutre et énigmatique. Je n'ai même pas droit à son perpétuel sourire.

– Bonsoir, Alexie.

– Bonsoir.

Il me regarde un instant avant de saisir mon poignet et de m'entraîner chez lui. Je le suis sans poser de question. Nous pénétrons dans sa maison qui me semble aussi vide que la mienne. Jérémy me lâche le bras et disparaît dans une autre pièce, me laissant seule dans le vestibule. Je ne sais pas ce que je suis censée faire et, une fois encore, le stress m'envahit. Avant que j'aie eu le temps de décider si je devais le suivre ou non, Jérémy revient avec une veste à la main. Enfin, *ma* veste devrais-je dire.

– Tiens, dit Jérémy en me la lançant. Tu l'as oubliée vendredi soir. Je me suis dit qu'il serait préférable que tu la récupères maintenant, au cas où tu ne voudrais plus me voir une fois que je t'aurai tout expliqué.

Je déglutis en serrant ma veste contre ma poitrine. Jérémy me toise quelques instants avant de disparaître à nouveau dans une autre pièce. Cette fois, je le suis, parce que j'en ai assez de me poser toutes ces questions inutiles. Nous arrivons dans le salon qui ressemble comme deux gouttes d'eau au mien. La décoration est sobre et épurée. Les meubles, de couleur claire, contrastent avec les murs bleu-vert criard.

– Je t'en prie, assieds-toi.

La voix rauque de Jérémy résonne dans la grande pièce, me tirant de mes pensées. Je hoche la tête et prends place sur le canapé. Il s'éclipse une fois de plus vers la cuisine, en précisant qu'il va nous chercher à boire. En attendant qu'il revienne, je me fais toute petite et scrute les lieux d'un œil curieux. En regardant les photos accrochées au mur face à moi, je me fais pour la première fois la réflexion que Jérémy n'a, comme moi, ni frère ni sœur. Il est souvent au centre de l'image, entouré de ses parents qui semblent l'aimer plus que tout. Il a l'air heureux. Du moins, sur les photos les plus anciennes. Les clichés récents sont, eux, teintés de tristesse. Jérémy ne sourit pas, son regard est mélancolique, éteint.

Je me demande quelle est la cause de cet air abattu que je ne lui connais pas. Sûrement un de ces adolescents qui n'aiment pas être pris en photo et font payer leurs parents en prenant un air grincheux sur tous les clichés. Je n'imaginais pas ça de Jérémy. Ça ne lui ressemble pas, il n'a pas l'habitude d'agir comme les autres. Ma réflexion est interrompue lorsqu'une main tendant une canette de Coca-Cola apparaît dans mon champ de vision. Je lève les yeux et découvre le visage du beau brun que je contemplais sur les photos. Il m'adresse un sourire ; sourire qui me paraît presque irréel après ce que je viens de voir.

– Merci, dis-je doucement en saisissant la canette.

– Je t'en prie.

Jérémy tire la table basse près du canapé et s'y assoit, pour être face à moi. Il ouvre sa canette d'un geste rapide, je l'imite. Il boit une gorgée et pose la boisson à côté de lui. J'analyse tous ses gestes, attendant qu'il daigne enfin m'en dire plus sur ce qui me hante depuis déjà bien trop longtemps.

Jérémy pose les coudes sur ses genoux et entrelace ses doigts, l'air grave.

– Avant tout, sache que je comprendrais totalement que tu ne veuilles pas être mêlée à tout ce que je suis sur le point de te révéler. Je comprendrais que tu ne veuilles même plus me parler quand tu auras appris la vérité, Alex. Ça dépend vraiment de ta façon de voir les choses. De ton ouverture d'esprit. De tout un tas de choses, en fait. Mais sache que, peu importe ta réaction, je la comprendrai. Et que je ne regretterai pas de t'en avoir parlé. Parce que j'ai vraiment envie que tu connaisses cet aspect de ma vie.

Je hoche simplement la tête. Sa façon de me regarder fait battre mon cœur à un rythme infernal.

Il prend une grande inspiration et continue :

– Ça faisait un petit moment que je cherchais quelqu'un à qui je pourrais parler de tout ça. Quelqu'un qui pourrait être… ma coéquipière, mon binôme. Et je crois que j'ai trouvé. À mes yeux, tu serais une coéquipière parfaite.

Il se mord la lèvre inférieure avant de poursuivre :

– Comme je te l'ai dit, mon objectif, c'est de ressentir l'adrénaline. J'ai découvert cette sensation il y a deux ans, à la suite d'un défi stupide que des potes m'avaient lancé. Depuis, je n'arrive plus à m'en passer. J'adore ça. Chacun sa drogue, tu vois ? Eh bien la mienne, c'est celle-là. Ça me procure un sentiment de liberté pour lequel je donnerais n'importe quoi.

Je fronce les sourcils, ne comprenant pas où il veut en venir. Certes, je ne serais pas contre une nouvelle montée d'adrénaline moi aussi, mais que veut-il me faire comprendre ?

– J'en ai parlé avec mes amis, et je leur ai montré à mon tour ce que c'est que l'adrénaline, la vraie. Et… après ça, ils ont tous voulu recommencer, comme moi. On a donc mis au point une sorte de jeu pour repousser nos limites et ressentir cette fameuse sensation.

– Un jeu ? demandé-je.

– Ouais. On a inventé ça un jour, en fin de soirée. Tout le monde était torché, on ne savait plus vraiment ce qu'on faisait et pourtant… on a réussi à aller au bout du jeu.

– En quoi ça consiste ?

– On a formé des binômes. Chaque binôme devrait relever des défis lancés par les autres.

– Quel genre de défis ?

– Peu importe, du moment qu'ils font peur ou qu'ils te poussent à transgresser un interdit.

J'écarquille les yeux. De toutes les choses absurdes que j'aurais pu imaginer, celle-là décroche le gros lot ! Des défis ? Des défis pour produire de l'adrénaline ?

– Et… j'aimerais que tu sois mon binôme, Alex.

– Comment se fait-il que tu n'en aies pas ? m'étonné-je.

Jérémy fait la moue.

– J'en avais une mais elle a voulu arrêter. Elle disait que ça devenait trop… dangereux pour elle. Elle a préféré mettre un terme à tout ça. Vendredi soir, quand je t'ai rencontrée, tu m'as fait penser à elle. Je me suis tout de suite dit que tu serais parfaite pour la remplacer.

– Ton… Ton épaule ? C'est à cause d'un de ces défis, pas vrai ?

Jérémy opine du chef. Je plaque une main sur ma bouche, abasourdie par ce que je viens d'apprendre.

– Jessica… Elle est au courant de tout ça ?

– Non, soupire-t-il en secouant la tête. Jessica n'a pas besoin de savoir. Ça ne la regarde pas et elle a droit aux mêmes mensonges que mes parents. Ce n'est pas le genre de choses que je raconte à n'importe qui, tu vois ?

« Ce n'est pas le genre de choses que je raconte à n'importe qui », cela signifie-t-il que je ne suis pas n'importe qui à ses yeux ? Cela signifie-t-il qu'il m'accorde plus de considération qu'à Jessica ? Non, peut-être pas, quand même. Disons simplement qu'il ne veut pas mêler à tout ça la fille avec qui il fait ce qu'il a à faire.

– Donc… Tu veux que je relève ces défis avec toi ? résumé-je.

– C'est ça, Alex.

– Pourquoi je ferais ça ?

– Tu l'as dit toi-même lorsqu'on roulait à cent quatre-vingt-quinze sur l'autoroute, l'autre soir : tu t'es sentie « vivante ». C'est pour ça que tu devrais faire ça. Pour te sentir vivante.

– Mais… c'est dangereux. Pourquoi voudrais-je mettre ma vie en danger ?

Jérémy soupire. Je vois à son regard qu'il sait qu'il a perdu, qu'il n'a pas réussi à me convaincre. Et il a sûrement raison. C'est juste… surréaliste, ce qu'il me raconte. Je ne peux pas accepter de faire quelque chose comme ça. Si son ancienne coéquipière a voulu arrêter, c'est pour une raison.

Je pose sur la table la canette de Coca-Cola à laquelle je n'ai pas touché et me lève brusquement, percutant les genoux de Jérémy au passage. Il se lève instantanément et attrape mon bras.

– Alexie, où vas-tu ?

– Je… Je ne suis pas sûre de vouloir faire ça, Jérémy. C'est tellement étrange comme idée. Je rentre chez moi.

Le beau brun me regarde avec un air triste mais il ne me lâche pas pour autant.

– S'il te plaît, Alex. Réfléchis-y, au moins. C'est tout ce que je te demande.

Les iris brillants de Jérémy me supplient de l'écouter, me supplient de donner une chance à cet aspect de sa personnalité. Mais je suis incapable de répondre, incapable de lui promettre une chose pareille. Je suis certainement, comme il l'a dit, quelqu'un de fermé, de peu tolérant, mais tout ça est tellement dingue. Je n'arrive pas à l'accepter.

– Je suis désolée, dis-je dans un soupir.

Jérémy fronce tellement les sourcils qu'un pli douloureux se dessine sur son front. Il contracte la mâchoire et finit par lâcher mon bras.

– J'aurais dû me douter que tu réagirais comme ça.

Le ton de sa voix me brise en mille morceaux. Il pince l'arête de son nez en fermant les yeux. Je le regarde de longues secondes, totalement impuissante, avant de battre en retraite.

– Je suis désolée, répété-je doucement.

Jérémy ouvre les yeux juste à temps pour me voir quitter le salon. En arrivant dans l'entrée, j'ai l'impression que tout l'air présent dans mes poumons a été aspiré par une force invisible. Je me sens vide. Totalement vide.

J'ouvre rapidement la porte pour m'échapper.

J'entends Jérémy crier derrière moi.

– Alex, attends !

Je lui jette un dernier regard avant de sortir en claquant violemment la porte derrière moi, dressant une barrière entre nous.

– 10 –

Désordre

Dix jours se sont écoulés depuis les aveux de Jérémy. Depuis le soir où il m'a expliqué comment ses amis et lui prenaient un plaisir malsain à jouer avec leur vie pour ressentir une montée d'adrénaline. Je n'ai depuis pas revu mon voisin aussi séduisant que terrifiant. Malgré tout le temps que j'ai eu pour y réfléchir, je suis toujours aussi perdue. Je ne comprends pas d'où leur vient ce besoin. Je ne comprends pas comment Jérémy peut se mettre volontairement en danger dans le seul but de sentir son cœur battre plus fort. Il dit que l'adrénaline, c'est sa drogue à lui. Ce qui sous-entend qu'il est accro à ces défis, à ce jeu, à ce truc délirant. J'ai beau me creuser la cervelle, je ne trouve aucune raison valable à ce jeu.

Le pire, c'est que Jérémy veut m'entraîner dans cette histoire. Il veut que je relève des défis, moi aussi. Dire que ma mère a confiance en lui… Je ne suis pas sûre qu'elle tiendrait le même discours si je lui faisais part des centres d'intérêt de notre cher voisin.

Je ne sais pas exactement en quoi consistent ces défis, Jérémy ne m'a pas donné d'exemple. Tout ce que je sais, c'est que l'un d'eux lui a déglingué l'épaule. Son épaule, putain. Il a l'air de tellement souffrir à cause de ça, et pourtant… il veut continuer. Il veut poursuivre ces défis plus que dangereux. Oui, dangereux. Là il s'est abîmé l'épaule, mais ça pourrait très bien être quelque chose de plus important la prochaine fois. Son cou par exemple, ou sa colonne vertébrale. Et une colonne brisée, c'est autre chose !

Jérémy est inconscient. Totalement inconscient. Je pensais que c'était quelqu'un de réfléchi et d'intelligent, mais son comportement me prouve l'inverse. Il n'est pas celui qu'il semble être. Il est *cinglé.*

Je ne pense pas que je lui reparlerai. Je ne peux pas cautionner ce qu'il fait, c'est certain. D'un autre côté, il me manque terriblement. Je ne saurais expliquer pourquoi, étant donné que nous ne nous connaissons réellement que depuis deux semaines. Mais il me manque. Durant ces dix jours, je me suis sentie vide. Je me suis surprise à épier son balcon en espérant l'y voir fumer une cigarette. Je me suis même proposée plus souvent pour sortir les poubelles ou pour aller chercher le courrier. Tous les prétextes étaient bons pour passer du temps à l'extérieur. J'espérais le croiser, ou simplement l'apercevoir sur le perron de sa maison. Mais rien. Pas la moindre trace de lui.

J'hallucine donc lorsque ma mère vient me réveiller, alors que nous sommes samedi matin, pour m'annoncer que Jérémy m'attend au rez-de-chaussée et qu'il souhaite me parler.

– Tu ne lui as pas dit que je dormais ? Je ne suis pas prête, maman, je ne peux pas aller le voir comme ça ! m'exclamé-je tandis qu'elle ouvre mes volets, m'aveuglant par la même occasion.

Je plonge la tête dans mon oreiller en bougonnant.

– Je ne sais pas ce qui s'est passé entre vous, Alexie, mais s'il est venu, c'est sûrement pour que vous vous expliquiez, dit-elle.

Je relève la tête en fronçant les sourcils. Comment sait-elle qu'il s'est passé quelque chose entre Jérémy et moi ? Je ne lui ai rien dit à ce sujet, et il est peu probable que Jérémy y ai fait allusion.

– Il ne s'est rien passé entre nous, affirmé-je.

– Tu peux berner qui tu veux, Alexie, mais pas moi. Je te connais par cœur. Je vois bien qu'il se passe quelque chose, tu n'es plus la même depuis la semaine dernière. Et ça correspond à la dernière fois que tu as vu Jérémy.

Ma mère est une sacrée observatrice. Je ne sais pas comment elle a fait pour si bien analyser la situation en n'étant à la maison que quelques heures par jour. C'est peut-être parce qu'elle me connaît par cœur, comme elle dit. C'est vrai que j'avais une mine renfrognée cette semaine.

– Lève-toi maintenant, il va s'impatienter, insiste-t-elle.

Je soupire et sors du lit. Je ne sais pas ce que je vais lui dire, mais j'ai envie de le voir. Il m'a trop manqué. Je ne prends pas la peine de m'habiller et quitte ma chambre en pyjama. Je ne passe même pas par la salle de bains pour vérifier l'état de mon visage après une longue nuit de sommeil. Je me contente de traverser le couloir et de descendre les escaliers pour rejoindre Jérémy le plus rapidement possible.

Je le trouve assis sur le canapé du salon, en train de boire un chocolat chaud que ma mère a dû lui coller de force dans les mains. Dos à moi, il regarde devant lui. Je m'autorise une seconde pour l'observer et reprendre mes esprits. Il ne faut pas que j'oublie que ce gars a un sacré problème psychologique. Mais peu importent toutes ces mises en garde, je n'arrive pas à me raisonner. Le revoir me procure des frissons incontrôlés que j'aimerais pouvoir réprimer.

Lorsque Jérémy se tourne subitement vers moi, ayant probablement senti ma présence, mon cœur rate un battement. Ses yeux d'un brun exceptionnel me transpercent. La lumière matinale accentue la pâleur incroyable de sa peau, créant un contraste parfait avec le brun de sa chevelure rebelle. Il se lève après avoir posé sa tasse sur la table basse, déployant son grand corps harmonieux.

Il avance à grands pas vers les escaliers et murmure :

– Alexie.

J'ai presque envie de me jeter dans ses bras. Où sont passés tous mes questionnements et ma promesse de ne plus l'approcher ? Envolés. *Quelle lâche !* Mais ce n'est pas de ma faute si sa simple présence suffit à mettre un bordel total dans ma tête.

Jérémy attrape fébrilement ma main et me fait descendre les quelques marches qui me séparent du rez-de-chaussée. Je me laisse faire, les yeux plongés dans les siens. Je sens que mes membres se mettent à trembler et que la chair de poule envahit ma peau.

– Je sais que tu ne veux plus me voir, commence le beau brun, mais je ne peux pas te laisser partir comme ça.

Ma respiration s'emballe. Il est trop proche de moi pour que mon bon sens prenne le dessus. À ce moment, je suis prête à accepter n'importe quoi, si cela me permet de rester près de ce garçon aux yeux envoûtants.

– J'avais envie de te revoir, admets-je, comme hypnotisée.

Un léger sourire étire les lèvres de Jérémy, qui semble apaisé par ma confession. Il s'attendait sûrement à ce que je le rejette, si l'on considère ma réaction virulente de la dernière fois.

– Je suis désolé, tu sais, m'explique-t-il, je n'aurais pas dû te présenter les choses comme je l'ai fait. Je comprends tout à fait ta réaction, Alex. Et je ne t'en veux absolument pas.

– Ce n'est pas de ta faute. Je n'ai même pas essayé de comprendre…

– Non, me coupe-t-il. C'est de ma faute. Tu es encore jeune, je devrais te préserver et non essayer de t'embarquer dans cette aventure dangereuse, soupire-t-il. Tu es plus fragile que tu en as l'air, tu sais ?

Je ressens une espèce de pincement au cœur en entendant ces mots. Mais je ne me vexe pas, parce que je sais pertinemment qu'il a raison. J'ai eu beau jouer la carte de la provocation et de la fille pas franchement sage, je suis fragile. La preuve, il a suffi qu'il me parle de quelque chose d'un peu extraordinaire pour me pousser dans mes retranchements.

Jérémy fait tendrement glisser sa main le long de mon bras, un geste réconfortant. Le regard qui nous lie est d'une puissance… Depuis que nos yeux se sont trouvés, ils ne se sont pas quittés une seule fois.

– Est-ce qu'on pourrait… faire comme s'il ne s'était rien passé ? demande Jérémy d'une voix douce et rassurante.

J'avale difficilement ma salive, lorsque sa main poursuit son chemin jusqu'à mon cou. C'est tout ce que je désire, qu'on fasse comme s'il ne s'était rien passé. Ces dix jours sans lui ont été bien trop éprouvants pour que je veuille réitérer l'expérience. Je veux le garder près de moi, aussi étrange que cela puisse paraître. Je ne veux plus être obligée de le fuir et de l'épier la seconde d'après.

Alors je hoche doucement la tête, engendrant un frôlement entre sa main et mon cou. Le beau brun me sourit tendrement avant de pousser un long soupir de soulagement, révélant sa crainte initiale quant à ma réponse. Il ôte sa main, qui retombe lentement le long de son corps, et je sens mon cou brûler comme s'il avait marqué ma peau fer rouge.

– Peut-être… peut-être que plus tard je pourrai comprendre pourquoi tu fais ce truc, risqué-je. Et peut-être que je reconsidérerai mon choix et que j'accepterai d'être ta coéquipière.

Je ne pense absolument pas ce que je viens de dire. Je n'ai pas envie de mettre ma vie en danger pour un peu d'adrénaline. Mais si ça peut le motiver à demeurer près de moi, alors je suis prête à bluffer.

Jérémy sourit un peu plus en entendant mon pieux mensonge, puis il recule d'un pas. Il retourne près du canapé, y ramasse quelque chose et revient vers moi.

– Tu as – encore – oublié ta veste chez moi, dit-il en me la tendant. Non que je ne veuille pas la garder, mais elle ne me va pas. Si tu te poses la question, oui, je l'ai essayée !

Je ne peux m'empêcher de rire à sa révélation. Je l'imagine essayant de se glisser dans cette veste définitivement trop petite pour lui.

– J'aime quand tu ris, Alex, murmure Jérémy.

Mon sourire retombe doucement, et je fronce légèrement les sourcils. Je ne suis pas habituée à ce genre de compliments, surtout venant de Jérémy. Lui qui a l'habitude de m'envoyer des vannes et de me charrier, ça ne lui ressemble pas.

Il doit percevoir mon malaise parce qu'il baisse la tête. Il passe une main dans ses cheveux avant de me jeter un rapide coup d'œil.

– Si tu veux bien, j'aimerais t'emmener quelque part aujourd'hui, chuchote-t-il.

– D'accord.

– Va te préparer, alors. Nous n'avons pas de temps à perdre…

– 11 –

Hanté

De tous les endroits que j'aurais pu imaginer, celui dans lequel m'emmène Jérémy me laisse sans voix. Non que le lieu en lui-même soit extraordinaire, loin de là. Il est même plutôt banal en soi. Mais je ne m'y attendais pas. Vraiment pas. Enfin, pour être tout à fait honnête, je ne m'attendais à rien du tout. Je n'avais aucune idée, en montant dans sa voiture, d'où il allait me conduire.

C'est pourquoi, lorsque j'aperçois au loin des structures métalliques s'élevant à des dizaines de mètres, je reste bouche bée. Des petits wagons filent à toute allure sur ces géants d'acier rouges et jaunes, transportant des personnes réduites à la taille de fourmis hurlant à s'en perforer les poumons.

Je jette un coup d'œil à Jérémy dont le sourire me confirme que ma réaction lui plaît.

– J'espère que tu aimes les parcs d'attractions, murmure-il avec un clin d'œil.

Un frisson me parcourt l'échine. Si j'aime les parcs d'attractions ? Bien évidemment ! C'est l'une des choses que je préfère sur cette terre ! Depuis mon plus jeune âge, j'associe les termes « parc d'attractions » au mot « rêves ».

Jérémy se gare sur un immense parking bondé, après avoir suivi les indications d'un employé nous descendons de voiture. Je suis fascinée par les manèges que je suis capable d'apercevoir de là où je me trouve. Jérémy passe son bras autour de mes épaules et m'entraîne jusqu'à l'entrée du parc.

– J'ai toujours aimé les parcs d'attractions, affirme-t-il. Et, comme toi et moi on se ressemble, j'étais persuadé que je ne me tromperais pas en t'emmenant ici.

– J'adore ça ! Tu n'aurais pas pu trouver meilleure destination.

Jérémy me tend un ticket et nous faisons la queue pour entrer. En attendant que la file avance, il me montre un plan de l'ensemble des manèges. Je lui arrache littéralement le dépliant des mains et commence à lister tout ce que j'aimerais faire. Mon voisin ne peut s'empêcher de rire face à mon enthousiasme soudain.

– On fera tout ce que tu veux, Alex. De toute façon, j'avais prévu de rester jusqu'à la fermeture.

Je lui souris, tout excitée. Je ne peux m'empêcher de penser que, s'il m'a conduite ici, c'est pour se faire pardonner. Et j'apprécie beaucoup son geste. Cela veut dire qu'il m'aime bien et qu'il ne veut pas me perdre. *Que demander de plus, sincèrement ?*

– Tu es déjà venu ? demandé-je en repliant le plan du parc.

– Oui, plusieurs fois. À vrai dire, je connais toutes les attractions par cœur. Quand je te dis que j'adore cet endroit, ce n'est pas une façon de parler !

Ses yeux pétillent comme ceux d'un enfant émerveillé. Il est vraiment beau, surtout lorsque ce magnifique sourire illumine son visage. Il n'a pas besoin de me dire qu'il adore cet endroit, ça se voit comme le nez au milieu de la figure. Je m'autorise à penser que, s'il est si jovial, c'est aussi parce que je suis là, avec lui.

Après une dizaine de minutes à faire la queue, nous pénétrons enfin dans le parc. L'atmosphère est festive, comme dans mes souvenirs. Ici, tout le monde, quelle que soit son histoire, a laissé ses ondes négatives et ses problèmes à l'entrée pour profiter à fond du moment. De mon côté, les dix jours passés sans Jérémy ainsi que le soir où il m'a fait part de son penchant pour les jeux dangereux me paraissent bien loin. Je veux savourer au maximum cette journée, et ne plus me prendre la tête avec cette histoire qui nous a tenus éloignés pendant bien trop longtemps à mon goût.

– Alors, par quoi veux-tu commencer ? demande Jérémy.

– Je ne sais pas… Surprends-moi !

– Ça, je peux le faire…

Il me fait naviguer, d'un pas sûr, au milieu de la foule. Il est évident qu'il connaît les lieux comme sa poche, parce qu'il ne consulte pas une fois le plan.

Le parc est déjà bondé, tout un tas d'adolescents joyeux courent dans tous les sens, en criant. Je me sens bien. Surtout que la main de Jérémy serre la mienne.

Nous arrivons devant un bâtiment noir, derrière lequel se cache, je suppose, un manège. De la musique s'en échappe, faisant vibrer ma cage thoracique. Une longue file m'indique qu'il s'agit d'une des attractions phares du parc. D'après les dessins à la bombe ornant les murs du bâtiment, je comprends que c'est une sorte de grand huit. Mon cœur se met à battre à toute vitesse tandis que Jérémy m'entraîne dans la foule…

*
* *

Il est vingt heure trente, le parc ferme dans trente minutes. Nous avons fait toutes les attractions que je souhaitais essayer, et j'en suis ravie. J'ai passé une journée formidable avec Jérémy. Il est tellement intéressant et drôle. C'est l'ami idéal, en fait. Nous en avons bouffé, des grands huit ! À vrai dire, nous les avons tous faits. Heureusement que Jérémy avait pris des billets coupe-file pour nous éviter l'attente. À midi, nous avons mangé des burgers et puis nous sommes allés prendre des Polaroïds, le temps de digérer. J'ai désormais plein de clichés de Jérémy et moi faisant des grimaces et des têtes abominables. J'aime ça. L'idée d'avoir l'image de ce beau brun tout sourires dans mon portefeuille.

– On va dîner ? proposé-je.

– Il y a juste une dernière chose que j'aimerais faire avant.

– Quoi ?

En guise de réponse, Jérémy me conduit vers une nouvelle attraction. Une sorte de grand manoir aux volets qui claquent, aux arbres penchés, à la porte d'entrée colossale et aux bruits flippants. Je me fige, une boule se forme dans ma gorge. Je remarque qu'il n'y a presque personne dans la file devant cette attraction. Un immense panneau prévient que l'endroit est : *« Interdit aux personnes cardiaques, souffrant de maladie chronique ou de tout autre problème de santé. »* Je sais exactement ce que renferme ce genre d'attractions. Il ne s'agit pas d'une simple maison hantée où l'on traverse des décors ridicules dans un petit train qui grince. Non, il s'agit de déambuler dans la maison la plus sordide, hantée par des personnes – incroyablement bien déguisées – qui vous poursuivent armées d'une hache. En plastique, certes, mais une hache néanmoins.

Jérémy se retourne vers moi et me regarde en haussant les sourcils.

– Qu'est-ce que tu attends ? Viens !

– Je ne ferai pas ça, Jérémy.

– Quoi ? Tu te dégonfles, gamine ?

Je lui donne un coup dans l'épaule. Il pourra dire ce qu'il voudra, je n'entrerai pas là-dedans. Ce n'est vraiment pas mon truc.

– Allez, Alex, ce n'est pas aussi horrible que ça en a l'air !

À la tête que tirent les gens en sortant de la maison, je ne le crois pas le moins du monde. Les femmes sont au bord de la crise de larmes et les hommes sont pâles comme un linge. Hors de question que j'aille là-dedans, je n'en ressortirais pas vivante ! J'exagère à peine…

– Non, Jérémy. Je n'irai pas.

– Pourquoi pas ?

– Je vais avoir un arrêt cardiaque si j'entre là-dedans. Non, franchement, je ne supporte pas d'être poursuivie par des monstres armés.

– Je serai là pour te protéger, ricane-t-il.

– Ne te moque pas de moi, imbécile.

Il s'approche et m'attire vers lui. J'essaye de garder mes distances et de ne pas me laisser attendrir. *Ma vie est en jeu, quand même !*

– Allez… susurre Jérémy. Je suis sûr que tu ne regretteras pas d'avoir ressenti autant… d'adrénaline.

Mon souffle se bloque dans ma gorge. Voilà qu'il me reparle d'adrénaline ! Je comprends immédiatement où il veut en venir, et mon corps se tend comme un arc.

– Je te mets au défi d'entrer avec moi.

Cette phrase qu'il vient de murmurer au creux de mon oreille me paralyse.

– Tu ne peux pas refuser un défi, Alex. C'est la règle.

Il me regarde droit dans les yeux, et il sait que ça va me faire craquer. Le monde entier sait qu'il va me faire craquer s'il continue à me regarder comme ça.

– Je n'ai pas dit oui, Jérémy. Je… je ne veux pas y aller.

– Essaye juste une fois, Alex. Une seule fois.

Sa main caresse ma joue et… Pourquoi est-ce que je frissonne ? Pourquoi, petit à petit, je baisse ma garde ? Je vais céder s'il continue à passer ses doigts brûlants sur mes pommettes gelées. J'en suis sûre, je le sens.

– Je te tiendrai contre moi, c'est promis, sourit-il en haussant un sourcil.

J'ai beau parlementer, j'ai envie qu'il me tienne contre lui. J'ai envie de me sentir protégée par ses bras musclés. Et c'est pour cette raison toute bête que...

– D'accord. Finissons-en, dis-je en me dirigeant d'un pas déterminé vers cette satanée maison.

Comme promis, Jérémy enveloppe mes épaules d'un bras protecteur. Je ne peux m'empêcher d'agripper son pull de peur qu'il s'évapore et me laisse seule au milieu de mon pire cauchemar. Un type déguisé en valet nous fait entrer en nous souhaitant « bonne chance », d'un ton que je qualifierais d'épouvantable. À peine les portes se referment-elles derrière nous que je regrette ma décision. Qu'est-ce qui m'a poussée à accepter, déjà ? Ah oui, les beaux yeux de Jérémy...

Ce dernier peine à me faire avancer jusqu'à la première pièce. Celle-ci est plongée dans le noir. Des éclairs accompagnés de coups de tonnerre l'éclairent par intermittence. Je jure que si un foutu monstre se jette sur moi maintenant, je finis en position fœtale accrochée aux jambes de Jérémy ! Ridicule, n'est-ce pas ? Oui, j'en ai conscience...

La deuxième pièce est pire. Certes, elle est éclairée, mais une femme vêtue d'une robe de mariée ensanglantée surgit d'un coin, m'arrachant un cri strident. Son cou semble désarticulé et ses yeux translucides me donnent la chair de poule. Jérémy se dépêche de nous faire passer à la pièce suivante.

Plus nous avançons, plus les hommes-monstres – si on peut les appeler comme ça – sont terrifiants. J'ai beau me répéter que ce sont des acteurs, rien n'y fait, je suis tétanisée. Ça fait bien longtemps que mes deux bras sont enroulés autour des hanches de Jérémy et que mon visage est enfoui dans son pull. Même lui sursaute par moments, c'est pour dire !

Lorsque nous pénétrons dans la dernière pièce, je crois m'évanouir. Un homme au visage caché par un masque de hockey, brandissant une tronçonneuse, se dirige vers nous. C'est un enfer. J'ai l'impression que mon cœur va s'arrêter de battre d'une seconde à l'autre. L'homme à la tronçonneuse a la bonne idée de s'approcher tout près de moi et de poser une de ses mains sur mon épaule. Je hurle comme jamais et cours vers la sortie, laissant Jérémy derrière moi.

Quand je sors enfin de ce cauchemar, j'ai besoin de m'asseoir pour reprendre mes esprits et mon souffle. Jérémy émerge du manoir quelques secondes plus tard, avec un grand sourire. Il me rejoint et s'accroupit pour être à peu près à ma hauteur.

– Premier défi relevé. Félicitations, Alex…

– 12 –

Essai

Je ne sais pas dans quoi je me suis embarquée en acceptant ce défi stupide, mais ce n'était pas une bonne idée. C'était même la pire idée du siècle ! Maintenant, il est évident que Jérémy va penser qu'il a gagné, que j'ai fini par céder, que je vais devenir sa coéquipière. Alors que rien n'a changé à mes yeux. Le fait que je sois entrée dans cette maison hantée ne prouve rien du tout. Je ne veux toujours pas être impliquée dans ses histoires de jeu, de danger et d'adrénaline. Je veux simplement être son amie. Rien de plus. Passer du temps en sa compagnie. C'est tout ce que je demande. Et j'aimerais pouvoir le faire sans devoir, pour autant, me mettre en danger pour le satisfaire.

Nous sommes au restaurant, et nous attendons notre plat. Je suis restée près d'un quart d'heure assise à l'extérieur de la maison hantée pour me remettre de mes émotions. Mes jambes tremblaient, mon cœur cognait si fort dans ma poitrine que c'en était douloureux. Jérémy, lui, se foutait de moi. Quel con ! Il est à dix mille lieues d'imaginer ce que j'ai ressenti dans cette foutue maison. Pour avoir eu une poussée d'adrénaline, croyez-moi, j'en ai eu une ! Et pas qu'une petite.

– Je suis sûr que tu es heureuse d'avoir relevé ce défi, lance Jérémy en prenant une gorgée de sa bière.

Il me regarde d'un air suspicieux. Je lui jette un biscuit apéro à la figure, ce qui le fait rire comme un gamin.

– Mais c'est qu'elle deviendrait violente ! Tu n'arrêteras jamais de me surprendre, Alex… murmure mon voisin en se penchant au-dessus de la table afin de s'approcher de moi.

– Ferme-la, Sands, rétorqué-je avant de le repousser sur son siège. Je ne suis pas entrée dans cette maison pour te faire plaisir, et encore moins pour relever ton stupide défi. J'y suis entrée parce que je l'avais décidé.

Oui, je sais. C'est peu crédible. Moi-même je n'y crois pas. Et Jérémy n'est pas dupe non plus. Il se mord la lèvre inférieure pour s'empêcher de rire tant mon mensonge est évident.

– Tu veux dire que, si je ne t'avais pas lancé ce défi, tu y serais entrée de ton plein gré ? insiste-t-il.

– Absolument.

– Permets-moi d'en douter, Alex. Mais peu importent les raisons pour lesquelles tu es allée jusqu'au bout, le fait que tu t'accroches à moi comme si ta vie en dépendait, ça valait tout l'or du monde.

– Ce sera la seule fois de ta vie où tu auras le plaisir de m'avoir dans tes bras, abruti !

Il ricane en secouant la tête. L'atmosphère entre nous est détendue. On se taquine comme avant, comme si de rien n'était. Je ne pense plus du tout à ces dix longs jours où j'ai souffert de son absence. Mais je ne suis pas totalement à l'aise pour autant. Je suis perdue. Parce que, tout à l'heure, en dépit du contexte, j'ai aimé parcourir cette maison à ses côtés. Bien que totalement terrorisée, j'ai aimé partager ça avec lui. Je suis obligée d'admettre que je me sens en sécurité quand il est avec moi.

– D'accord, dis-je en soupirant. Je l'avoue… Je suis contente d'être entrée dans cette maison.

– J'en étais sûr ! Tu ne peux rien me cacher, gamine.

– C'est ce que tu crois…

Je le fixe intensément, de façon à ce que ma phrase ne passe pas inaperçue. J'ai envie qu'il me trouve mystérieuse. À ce qu'on dit, c'est ce qui éveille l'intérêt des garçons. C'est comme ça qu'on les attire et qu'on les pousse à rester près de nous. Et, évidemment, ça ne rate pas. Le concerné hausse une épaule et s'accoude au bord de la table, l'air sérieux.

– Qu'est-ce que tu insinues ? demande-t-il d'une voix profonde.

– Moi ? Rien du tout.

– Ne fais pas l'innocente. Tu essayes de te la jouer mystérieuse ?

– Je prends simplement exemple sur toi.

– Pourquoi ?

Je déglutis silencieusement. Pourquoi est-ce que je fais ça ? Je ne sais pas, il n'y a pas de raison particulière, si ce n'est que c'est amusant, je suppose.

Il n'y a pas de raison pour que je sois toujours celle qui se pose des questions, celle qui doive percer l'autre à jour. Pourquoi ne le ferait-il pas, lui aussi ? Une réponse me traverse l'esprit et je souris.

Je lève les yeux vers Jérémy et les plante dans les siens avant de murmurer :

– Parce que je veux que tu t'intéresses à moi. Et bien plus encore.

Sa réaction est immédiate : son visage se contracte un instant et sa mâchoire se crispe. Il ne s'attendait pas à ça. Il ne s'attendait pas à ce que je reprenne ses mots. À ce que je reprenne exactement la réponse qu'il m'avait donnée quand je lui avais posé une question similaire, il y a trois semaines de cela.

Je vois dans ses yeux brun sombre que mes paroles l'ont déstabilisé. Qu'elles l'ont chamboulé. *Eh oui, abruti, tu n'es pas le seul à savoir te montrer habile avec les mots !* Il me fixe intensément, comme s'il essayait de lire dans mon regard.

J'ai réussi à attiser sa curiosité. Pour une fois, c'est lui qui se retrouve en position de faiblesse. Lui qui ne sait pas, lui qui tâtonne dans le noir, pas moi. Et ça fait du bien.

Brusquement, Jérémy retrouve sa contenance habituelle. Son visage arbore à nouveau ce sourire fier et sûr de lui. *Merde, à quoi pense-t-il maintenant ?* Ma soudaine assurance retombe subitement lorsqu'il déclare :

– Ne t'en fais pas, Alex. Je fais déjà bien plus que m'intéresser à toi.

Je reste paralysée. Voilà, il a encore réussi à inverser les rôles, à reprendre sa position dominante.

– Si ce n'était pas le cas, tu ne serais pas face à moi en ce moment, poursuit-il.

– Qu'est-ce qui t'intéresse chez moi ?

– Si je devais énumérer chaque chose, nous y serions encore demain, si tu veux tout savoir. Pour résumer, disons que je vois en toi l'amie avec laquelle je pourrais le mieux m'entendre, la confidente que je n'ai jamais eue... La coéquipière dont j'ai toujours rêvé.

Et voilà. Non seulement il a inversé la vapeur mais, pour couronner le tout, il vient de remettre, une fois de plus, cette histoire de coéquipière sur le tapis.

– Qu'est-ce que tu ne comprends pas dans : « Je ne veux pas faire partie de ton jeu », Jérémy ? dis-je en soupirant.

– Ça, je l'ai compris. Nous parlons la même langue, figure-toi. Ce que je ne comprends pas, c'est pourquoi tu ne veux pas essayer.

– Je ne veux pas avoir à faire des choses que je n'ai pas envie de faire, sous prétexte que c'est un défi et qu'on ne peut pas refuser un défi.

– Pourquoi tu vois les choses comme ça ?

– Parce qu'elles SONT comme ça ! C'est quoi ton problème, à la fin ? Tu ne vas pas me dire que ce que tu t'es fait à l'épaule n'était rien ? Que ce n'était pas dangereux ? Que c'était sans répercussion ?

– Mon épaule va bien.

– Elle n'allait pas bien le jour où on s'est rencontrés. Rappelle-toi, tu étais incapable d'enfiler un tee-shirt !

Jérémy ferme les yeux et pince l'arête de son nez. Il fronce les sourcils tout en secouant la tête. Cette conversation l'exaspère, il aimerait me prouver que son jeu est une bonne chose. Il aimerait me convaincre de m'y jeter à corps perdu. Mais ça ne marche pas et ça, il ne l'accepte pas. Aucun de nous ne veut renoncer à convaincre l'autre.

Jérémy rouvre les yeux et boit une gorgée de bière, comme pour se donner du courage. Il fait claquer le verre sur la table et relève ses iris sombres vers moi.

– Tous les défis ne finissent pas avec une épaule déboîtée, Alexie. Cette fois-là, j'ai déconné. Je suis allé un peu loin. Mais ils ne sont pas tous dangereux. Rappelle-toi, l'objectif initial c'est d'avoir une montée d'adrénaline, rien de plus. Et on peut l'obtenir très simplement. On n'a pas besoin de faire des choses illégales ou risquées. Regarde, tout à l'heure, dans la maison hantée, tu n'étais pas en danger, et pourtant tu as eu cette sensation exaltante.

– Je ne dis pas le contraire. Mais c'est toi qui parlais de danger, le soir où tu m'as emmenée en virée dans ta voiture. C'est toi qui as dit que tout ça était dangereux.

– Je ne t'obligerai jamais à faire une chose qui soit à la limite du supportable, c'est promis. Rien qui pourrait mettre ta vie en danger, je contrôle. On peut y aller progressivement, nous ne sommes pas obligés de commencer par des situations extrêmes.

Littéralement suspendue à ses lèvres, je bois ses mots. Je sais que ça n'a rien de bon. Ça n'a rien de bon parce que je suis en train d'envisager d'accepter son jeu. Pourquoi ? Peut-être parce que je commence à réaliser que c'est la seule façon de garder Jérémy dans ma vie. Peut-être parce que je capte enfin que, sinon, il passera à quelqu'un d'autre. Et je ne veux pas que cela arrive.

– Si je n'accepte pas… Tu chercheras une autre coéquipière ? le questionné-je.

– Oui. Mais ce n'est pas ce que je veux, Alex.

Il soupire, l'air triste.

– Essaye au moins. On peut, je ne sais pas… faire un mois d'essai ? propose Jérémy.

Je vois bien qu'il tente le tout pour le tout. Que c'est sa dernière cartouche pour me convaincre. Je suis perdue. Je suis obligée d'admettre que je ne veux pas qu'il fasse ces défis avec quelqu'un d'autre. Je veux que ça soit avec moi. Seulement avec moi. Je ne veux pas le perdre. Pas alors que nous venons à peine de nous rencontrer. Ça serait trop bête, trop con. Je ne veux pas vivre avec le regret d'être, peut-être, passée à côté de lui.

– D'accord. Je suis partante pour un mois d'essai.

– 13 –

Clair de lune

Lundi, une heure du matin et, pour changer, je n'arrive pas à dormir. Les causes potentielles de mon insomnie sont incalculables, mais je n'ai pas envie d'y réfléchir. Si je me mets à psychoter sur tout ce qui se passe dans ma vie, je ne vais pas fermer l'œil de la nuit. Et c'est vraiment la dernière chose dont j'ai besoin. J'en ai assez de ressembler à un zombie en me levant, d'avoir un teint cadavérique et des cernes qui s'étendent jusqu'aux pommettes. Je vais essayer de limiter les dégâts en m'épargnant une énième nuit blanche.

Ces putains d'insomnies commencent à me pourrir la vie. Et tout ça à cause de mon abruti de voisin. C'est de sa faute, à lui et à son histoire de défis, si mon monde est chamboulé… Il parasite mes pensées à longueur de temps. Eh merde !

Je n'arrête pas de ressasser les événements de la journée. Je me suis engagée à faire un mois d'essai. *Que m'est-il encore passé par la tête ?* Il a dû me droguer pour que j'accepte de participer à son jeu. Ouais, c'est ce qu'il a fait… Il m'a droguée avec ses belles paroles et son sourire éblouissant.

Je grogne contre mon oreiller. Je suis totalement à la merci de ce gars. Il me ferait accepter n'importe quoi, et c'est tout sauf bon. Depuis quand suis-je devenue influençable ? Je ne l'ai jamais été, alors pourquoi est-ce différent avec lui ?

Mon portable vibre sur ma table de nuit, je tends le bras pour l'attraper.

Opaline : Alors… ? Ça s'est passé comment avec ton voisin ?

Je repose mon téléphone après l'avoir mis en mode silencieux. C'est la meilleure chose à faire si je veux dormir un minimum. Si j'entame cette conversation avec Opaline, c'est foutu, je vais passer la nuit à échanger des textos concernant mon histoire avec Jérémy. Histoire qui, soit dit en passant, n'a ni queue ni tête.

Je me mets sur le dos et fixe le plafond. La lumière de la lune est la seule chose qui éclaire ma chambre. Il n'y a aucun bruit et, pour une raison que j'ignore, ça m'agace. Certainement parce que, dans ma tête, c'est le bordel, et que mes pensées font un bruit monstre. Je n'aime pas ce contraste, il me donne la migraine.

Je rabats rageusement la couette et m'assois au bord du lit. J'attrape mon téléphone et sans y réfléchir appelle ce fouteur de merde. Les sonneries se succèdent, et je finis par tomber sur sa messagerie. Je secoue la tête et me lève pour enfiler une veste.

Avant que je n'aie le temps de dire « ouf », je suis sous le balcon de Jérémy des cailloux plein les mains. Je les jette contre sa fenêtre pour attirer son attention. Oui, comme dans les films. S'ils font tous ça c'est parce que ça marche, non ? Je continue de balancer des graviers jusqu'à ce que mon voisin daigne ouvrir sa fenêtre. Il apparaît dans un halo de lumière jaune au milieu de la nuit noire. Il s'appuie à la balustrade et me regarde, un sourcil haussé.

– Qu'est-ce que tu veux, gamine ?

Il a la voix ensommeillée. Je l'ai réveillé ? À cette heure-ci, c'est possible…

– J'arrive pas à dormir.

– En quoi c'est mon problème ? rétorque-t-il.

Dans la pénombre, j'arrive à discerner le rictus qui se dessine sur son visage chiffonné. *Quel enfoiré !*

– C'est de ta faute si je suis debout, je te ferai remarquer. Alors bouge tes fesses !

– Je suis avec Jessica, en fait.

Je suis certaine que mon visage se décompose. Mon cœur se met à battre fort dans ma poitrine, plus fort qu'il ne le devrait. J'essaye de conserver une expression neutre, malgré la boule qui se forme dans ma gorge.

– OK. Amusez-vous bien, dis-je en faisant volte-face pour rebrousser chemin.

– Alex !

Je me retourne promptement au son de sa voix.

– Quoi ?

– Je déconne, je suis seul. Donne-moi deux minutes, je descends.

Il me lance un sourire et s'engouffre dans sa chambre.

– Enfoiré… dis-je pour moi-même.

Quelques instants plus tard, Jérémy réapparaît sur son balcon. Il enjambe la balustrade et descend comme je l'ai fait le soir de notre rencontre. Souriant, il s'avance jusqu'à moi et se penche pour me faire… la bise ?

– Bon, maintenant que tu m'as réveillé et forcé à te rejoindre qu'est-ce qu'on fait ?

– Je ne t'ai pas obligé à me rejoindre, dis-je. Tu l'as fait de ton plein gré. D'ailleurs ta blague était hilarante.

– Je sais, j'ai un humour inégalable.

– Inégalable par sa nullité, c'est ça ?

Je ne peux m'empêcher de rire lorsqu'il me donne une pichenette sur le nez pour me faire taire. Le choix d'activités nocturnes étant restreint, nous décidons d'errer dans le quartier. Il est vraiment terrifiant de nuit. Non pas que j'aie peur du noir, mais je n'ai jamais aimé le silence. Et notre quartier est aussi silencieux qu'une plaine enneigée.

– Pourquoi avoir rebroussé chemin lorsque je t'ai dit que Jessica était avec moi ? demande soudain mon voisin.

Je lui jette un coup d'œil et soupire profondément. Je baisse les yeux et enfonce mes mains dans les poches de ma veste.

– Je n'allais pas passer la nuit dans le jardin, voilà pourquoi je partais, dis-je, éludant au maximum sa question.

– Tu es jalouse, Alex ?

– Moi ? Bien sûr que non ! Pourquoi le serais-je ?

– Parce que tu m'aimes bien ?

– Désolée de te le dire comme ça, mais les psychopathes-masochistes, c'est pas trop mon genre !

– Ça tombe bien, je ne suis aucun des deux.

– L'espoir fait vivre, comme on dit, ricané-je.

– Peu importe, je continue de penser que tu m'aimes bien.

– Je t'aime bien, oui. Mais je ne suis pas jalouse.

– Si tu le dis !

Nous avançons sur la chaussée totalement déserte. J'aime marcher à la place des voitures, ça me donne l'impression que la route m'appartient. Jérémy s'amuse à shooter dans les cailloux sur son chemin, et je trouve ça amusant.

– Ton épaule, ça va ?

Il me regarde droit dans les yeux, ce qui me déstabilise à chaque fois.

– Ça va. Je ne sens plus rien à vrai dire, les défis vont pouvoir reprendre.

Il me sourit, mais mon sang se glace dans mes veines.

– Je commence à avoir des idées et, crois-moi, ça va être cool.

– Déjà ?

Ma voix s'évanouit. Je ne suis pas du tout rassurée. J'ignore dans quoi il va m'embarquer, et c'est ça qui me fait le plus flipper. Il m'a dit qu'il ne me ferait jamais faire des choses au-delà du supportable, mais comment pourrait-il connaître mes limites ?

– Ça fait longtemps que je suis immobilisé, ça m'a donné le temps de trouver des idées, sourit-il.

– Tu sais déjà quel défi je relèverai en premier ?

– Oui.

Jérémy passe son bras autour de mes épaules et m'attire contre lui. Il tapote mon biceps avant de me murmurer :

– J'espère que tu es prête, gamine…

– 14 –

Ce soir

– Tu as réussi l'interro surprise ? me demande Opaline en sortant de la salle d'histoire.

– Mouais, sans plus… Et toi ?

– Non. Je ne me souvenais de rien.

Elle a une mine complètement dépitée, la pauvre. En même temps, qui n'en aurait pas après un contrôle surprise où on a été incapable de répondre à la moindre question ? Je la prends dans mes bras pour lui montrer ma compassion et lui glisse en souriant :

– T'en fais pas, tu te rattraperas à la prochaine !

– Ouais, j'espère.

Nous nous frayons un passage au milieu de la vague de lycéens pour gagner l'extérieur. Il fait frais dehors, bien que le soleil soit aveuglant. C'est sûrement un des derniers jours de l'année où il nous fera l'honneur de sa présence, alors autant en profiter. Nous marchons jusqu'à la grille et quittons le bahut. Des tonnes d'élèves fument juste devant l'entrée, nous obligeant à traverser un nuage de fumée dense et étouffante. Opaline et moi nous échappons en nous tenant la main pour ne pas être séparées.

Nous trouvons un banc un peu plus loin où nous nous asseyons, notre bus n'arrivant pas avant une vingtaine de minutes.

Je soupire après tous les efforts que nous avons dû fournir pour arriver jusqu'ici.

– Alors, dis-je. Tu as revu ce gars ?

– Celui que j'ai rencontré à la soirée de Lucie ?

– Ouais, à moins qu'il y en ait eu d'autres depuis.

– La ferme, Alex, gronde-t-elle. Et non je ne l'ai pas revu. Il m'a envoyé un message mais je n'ai pas répondu.

– Pourquoi ?

– Peut-être parce que j'en n'avais pas envie. J'étais bourrée ce soir-là. En temps normal, je n'aurais jamais laissé ce mec m'approcher.

– Pourquoi ? Parce qu'il n'est pas assez beau ? Il est plutôt gentil pourtant, ça ne te suffit pas ?

– C'est facile pour toi de dire que la gentillesse suffit lorsque le gars qui s'intéresse à toi a une gueule de mannequin.

– Il ne s'intéresse pas à moi, je te l'ai déjà dit. Et… et comment sais-tu à quoi il ressemble ?

– Tu m'as dit qu'il était beau gosse… Je ne me suis pas gênée pour aller vérifier par moi-même. D'ailleurs, pourquoi n'êtes-vous pas amis sur Facebook ?

– Qu'est-ce que ça change qu'on soit amis ou non sur Facebook ?

– Rien, mais c'est bizarre étant donné que vous êtes proches.

– Nous ne sommes pas proches.

– Bien sûr que si, vous l'êtes, vous passez la majeure partie de votre temps libre ensemble ! On ne se voit quasiment plus en dehors des cours. Il t'accapare complètement, soupire-t-elle.

Elle n'a pas totalement tort. Hormis les dix jours où nous ne nous sommes pas adressé la parole, nous nous sommes très souvent vus depuis notre rencontre. Je réalise d'ailleurs que c'est pratiquement toujours lui qui vient me chercher, lui qui veut passer du temps avec moi. Mais pour quelle raison ? Il a tout ce dont il a besoin : des amis et une copine… Pardon, un plan cul. La seule chose qui lui manque évidemment, c'est une coéquipière. Et c'est sans doute pour cela qu'il est constamment sur mon dos.

– Vous vous êtes embrassés, ou pas encore ? demande Opaline.

– Ça va pas ou quoi ! Je te l'ai dit, il ne se passera rien entre nous.

– Dans ce cas, tu peux me dire ce que ton charmant voisin fout de l'autre côté de la rue, adossé à une voiture ?

Mon cœur manque un battement. Qu'est-ce qu'elle raconte encore ? Je tourne aussitôt la tête vers le trottoir d'en face et cherche Jérémy du regard. Et merde, il est vraiment là ! Sur ma gauche, les cheveux en bataille, les mains dans les poches, une paire de Ray-Ban Clubmaster sur le nez. Qu'est-ce qu'il fait là ? Comme si mon corps réagissait chimiquement à la présence du sien, mes mains deviennent moites, ma gorge s'assèche et une vague d'appréhension me submerge.

– Tu ne vas pas me dire qu'il est venu jusqu'ici pour prendre le soleil… se moque Opaline.

Je ne lui réponds pas, trop occupée à scruter mon voisin. Il attend sûrement un de ses amis. Il était élève ici l'année dernière, il est certainement venu voir un pote redoublant, ou un truc dans le genre. Je ne vois que ça. Mais, comme pour me prouver que j'ai tort, je reçois un texto :

Jérémy : Je suis devant ton lycée. Je te ramène ?

Happée par mes pensées, je ne l'ai même pas vu prendre son portable pour rédiger ce message. Hébétée, je regarde l'écran de mon téléphone, relisant une nouvelle fois les quelques mots qu'il vient de m'envoyer.

– C'est lui, pas vrai ? demande Opaline.

Je lève la tête vers mon amie et acquiesce.

– Il veut me ramener.

– Tu vois, quand je te dis qu'il s'intéresse à toi, j'ai raison ! Il est incapable de te laisser tranquille, dit-elle, le regard brillant.

Ouais, c'est vrai, tout porte à croire qu'il s'intéresse à moi. Bizarrement, je reprends soudainement confiance en moi.

– Je vais lui dire que je rentre avec toi, annoncé-je en commençant à rédiger un message.

– Non ! Rentre avec lui !

– Tu es sûre ?

– Certaine ! À condition que tu me racontes tout ce qu'il se sera passé. Surtout si ma prédiction du baiser contre le capot de sa voiture se réalise, ajoute-t-elle.

Elle me fait un clin d'œil avant de me pousser gentiment du banc.

– Vas-y, ne le fais pas attendre plus longtemps.

– À demain, dis-je en lui faisant un bisou sur la joue.

– Salut, Alex.

Je me dirige vers la voiture de Jérémy avec un sourire bien trop grand. Je dois avoir l'air d'une imbécile, comme ça. Mais je m'en fiche et continue d'avancer. Il ne m'a pas vue, son regard toujours rivé sur son téléphone, attendant probablement une réponse de ma part.

Lorsque je me plante face à lui, il relève le menton et un sourire se dessine instantanément sur son visage, calquant l'expression du mien.

– Salut, Jérémy.

– Salut, gamine.

– C'est gentil de me ramener.

– Ça me fait plaisir, dit-il en ouvrant la portière passager pour m'inviter à monter.

Je m'exécute et prends place sur le siège moelleux bien qu'en piteux état. Jérémy contourne la voiture, et en un clin d'œil nous voilà partis.

– Qu'est-ce que tu faisais dans le coin ? demandé-je après quelques secondes de silence.

– En réalité, je suis venu te chercher.

– Ah… Pourquoi ?

– Pourquoi pas ?

Il tourne la tête vers moi et je hausse les épaules. Puis il reporte son attention sur la route en se mordant les lèvres.

– Bon OK, c'était pour te parler du défi de ce soir.

– Ce soir ? m'étranglé-je.

– Ouais.

Le sang pulse violemment dans mes veines et j'ai la tête qui tourne. *Dieu tout-puissant…*

– Qu… Qu'est-ce que tu voulais me dire ?

– Oh, rien en particulier. Je voulais simplement m'assurer que tu aimais toujours les bains de minuit…

– 15 –

Surprise

Tout à l'heure, quand Jérémy m'a déposée chez moi après un trajet aussi silencieux qu'un cimetière de nuit, je me suis enfermée dans ma chambre et me suis roulée en boule sur mon lit. Près de quatre heures plus tard, je suis toujours dans la même position, les bras enroulés autour de mes jambes. Je ne me suis levée que pour aller avaler quelque chose à l'heure du dîner, afin de ne pas inquiéter mes parents. Je suis tétanisée en pensant à ce qu'il risque de se passer ce soir. À ce qu'il *va* se passer si je ne me rétracte pas maintenant.

Ce qui m'effraie tant, dans ce premier défi, c'est qu'il n'a pas l'air compliqué en apparence. C'est vrai, j'ai déjà pris un bain de minuit avec Jérémy et il sait aussi bien que moi que je serai capable de recommencer. Alors pourquoi ce choix ? Ça cache quelque chose... Il y a forcément un élément dont il ne m'a pas parlé et qui va me forcer à repousser mes limites. Et c'est *ça* qui m'angoisse.

Je suis persuadée que c'était son objectif, m'effrayer. C'est pour ça qu'il est venu me chercher au lycée :

pour déclencher chez moi de l'appréhension. Il est encore plus tordu que je l'imaginais…

J'ai des sueurs froides incontrôlables et des vagues de panique déferlent en moi. Je me suis efforcée de cacher mon trouble à mes parents, et j'avoue avoir été surprise qu'ils n'aient pas découvert la supercherie. Ils me connaissent par cœur, surtout ma mère. Je ne peux absolument rien lui cacher. Mais là, bizarrement, elle semble n'avoir rien remarqué. Je ne sais pas comment mon agitation tout sauf habituelle a pu lui échapper…

En me déposant chez moi tout à l'heure, Jérémy m'a informée qu'il viendrait me chercher dès que mes parents iraient se coucher. Il est vingt-deux heures passées, ces derniers ne tarderont plus à éteindre leur lumière. Plus que quelques minutes avant d'affronter les névroses de Jérémy. Plus que quelques minutes pour tout arrêter si je le souhaite. Il n'est pas trop tard. Mais ça sera le cas dans quelques instants, quand mon voisin sera face à moi. Je peux encore me dégonfler. Ou plutôt prendre une sage décision.

Soudain, on frappe à ma porte. Je me redresse immédiatement.

– Entrez… dis-je d'une voix incertaine.

Ma mère passe la tête dans l'entrebâillement et me gratifie d'un sourire. Elle est en chemise de nuit, démaquillée, prête à aller se coucher. Ma gorge se serre. Je lui rends son sourire du mieux que je peux tandis qu'elle s'avance jusqu'à mon lit. Elle s'assoit et me prend la main.

– Tu vas bien, ma puce ?

– Oui, ça va.

– Ça n'a pas l'air. Tu es toute pâle.

Finalement si, elle s'est rendu compte que quelque chose n'allait pas. Je me disais aussi… Ma mère me connaît trop bien. C'est insupportable.

– Si, si, je vais bien. C'est juste que… Je n'ai pas beaucoup dormi ces derniers jours. Je suis épuisée.

– Tes insomnies sont revenues ?

– Oui, il faut croire.

– Si ça ne passe pas, je peux t'emmener chez le médecin ce week-end. Il pourrait te prescrire un traitement homéopathique pour te détendre à l'heure du coucher.

– OK, je te dirai si ça ne s'arrange pas.

– D'accord, ma chérie.

Elle m'embrasse sur le front.

– Si tu es tracassée, tu peux m'en parler. Je suis là.

– Je sais, maman. Merci.

– Bon, j'espère que ça va passer. Bonne nuit, Alexie.

– Bonne nuit.

Ma mère quitte ma chambre et part rejoindre mon père dans la leur. Je me redresse et attrape mon téléphone posé sur ma table de chevet. J'observe l'écran noir quelques instants avant de me décider à l'allumer. Ça m'arrive très rarement d'éteindre complètement mon téléphone mais, ce soir, j'en ressentais le besoin. J'avais besoin de me retrouver seule pour réfléchir à toute cette histoire sans être dérangée. Le portable s'illumine, mon fond d'écran apparaît. C'est une photo d'Opaline et moi, prise il y a quelque mois, à la fin de la seconde.

Nous sommes devenues amies en entrant au lycée, elle et moi. Nous ne connaissions personne, et nous nous sommes retrouvées côte à côte deux cours de suite. Nous avons vite sympathisé et, dès Noël, nous étions inséparables. Bien que ce soit ma meilleure amie je ne lui ai pas parlé de mon histoire avec Jérémy. Et j'avoue que ça me manque de n'avoir personne à qui en parler. J'aimerais pouvoir me confier à elle, écouter ses conseils et ses mots réconfortants lorsque j'ai peur que la situation m'échappe. Mais je ne peux pas. Opaline ne sait tellement pas tenir sa langue. Et Jérémy me tuerait si tout cela venait à se savoir.

Je déverrouille finalement mon téléphone et affiche le fil de messages échangés avec mon voisin. Je prends une grande inspiration et, après un moment d'hésitation, j'écris : ÉCOUTE JÉRÉMY, J'AI BIEN RÉFLÉCHI ET… JE PRÉFÈRE EN RESTER LÀ.

Il ne me reste qu'à appuyer sur le bouton « envoyer » et, cette fois, tout sera fini. Plus rien ne pourra nous relier… Je mettrai cette histoire derrière moi une bonne fois pour toutes. C'est très certainement la meilleure chose à faire : prendre mes distances. Mais je n'en ai pas envie. Je sais qu'après mon message il ne voudra plus me revoir. Il trouvera probablement une autre fille qu'il parviendra à décoincer et sa vie reprendra son cours comme si je n'en avais jamais fait partie. Évidemment, ce sera différent pour moi. Lui restera forcément dans ma tête. Il y a élu domicile depuis que je suis entrée dans sa chambre ce soir-là. Depuis que nos regards se sont croisés, depuis que ma peau a effleuré la sienne et que le son de sa voix a envahi mon oreille. Une fois ce message envoyé, je ne pourrai plus revenir en arrière ni espérer prolonger ne serait-ce qu'un peu notre relation.

Mon portable vibre dans mes mains et mon corps se fige. *Trop tard.* Jérémy m'a devancée. Il a dégainé le premier.

Rejoins-moi dans cinq minutes en bas.

Une grande partie de moi est terrifiée. L'autre, plus timide, se réjouit de ne pas avoir à sortir de la vie de mon mystérieux voisin. Parce qu'il est trop tard maintenant, je ne peux plus me défiler.

J'efface le message que j'avais écrit et le remplace par « J'arrive ». J'enfile ma veste en jean, chausse mes baskets et sors de ma chambre en catimini, après avoir éteint la lumière et fermé les volets. Sur la pointe des pieds, je descends les escaliers et traverse le salon jusqu'à la porte d'entrée. Une fois sortie, une vague d'appréhension me parcourt. Je ressens des picotements au bout des doigts et au creux du ventre. Exactement comme le soir où Jérémy nous a fait monter à près de deux cents kilomètres à l'heure sur l'autoroute.

J'aperçois mon voisin adossé au lampadaire qui marque la limite entre nos deux propriétés. Sa main gauche enfoncée dans sa poche, il tient une cigarette entre les longs doigts de son autre main. Il ne me regarde pas, il n'a pas remarqué ma présence. Il a l'air tout à fait serein et, aussi étrange que cela puisse paraître, je me calme un instant. Comme s'il n'y avait plus de raison d'avoir peur maintenant qu'il était là. La lumière jaune du lampadaire inonde son visage pâle et fait briller ses cheveux soyeux. Il porte sa cigarette à ses lèvres et tire une taffe qu'il recrache doucement dans l'air frais du mois d'octobre. Je n'aime pas trop le fait qu'il fume. C'est dangereux pour sa santé et, à mes yeux, il la met déjà bien trop souvent en jeu avec son autre addiction.

Je m'approche jusqu'à ce qu'il se rende compte de ma présence. Un léger sourire se dessine sur ses lèvres charnues lorsqu'il m'aperçoit.

– Bonsoir, gamine.

– Bonsoir.

– Pas trop stressée ? demande-t-il en arquant un sourcil, l'air moqueur.

– Non, je vais bien.

Il laisse échapper un petit ricanement avant de secouer la tête. Il jette sa clope et l'écrase rapidement, abandonnant le mégot sur le bitume.

– On y va ?

Je hoche la tête. Une boule se forme dans ma gorge, tandis que mon voisin m'entraîne vers sa vieille voiture pour la seconde fois de la journée. Je m'installe sur le siège passager et m'empresse de boucler ma ceinture. Jérémy en fait autant puis démarre doucement son auto.

Après quelques minutes de silence, il me jette un regard, un sourire en coin.

– Quoi ? demandé-je, sur la défensive.

– Tu as passé ton code ?

– Pardon ?

– Ton code, tu l'as ?

Sa question me surprend. Pourquoi me parle-t-il de choses aussi futiles là, maintenant ? Je suis bien trop tendue pour parler de ça. Pour parler tout court, en fait.

– Où est-ce que tu m'emmènes ? dis-je pour changer de sujet.

– Tu n'as pas répondu à ma question, Alex.

– Ni toi à la mienne.

– Il me semble que c'est moi qui ai demandé le premier. Dans la logique des choses, tu es censée répondre avant que je ne le fasse.

– Non, je n'ai pas passé mon code.

– Pourquoi ?

– J'ai encore le temps pour penser à ça.

– Tu devrais le passer maintenant pour pouvoir faire la conduite accompagnée ensuite. Ça t'aiderait à avoir ton permis du premier coup.

– Pourquoi tu me parles de ça maintenant ?

– Pourquoi pas ? ricane-t-il. Tu es trop stressée pour tenir une conversation normale avec moi, gamine ?

– Non.

– Alors quoi ? Je n'ai pas le droit de te donner quelques petits conseils ?

Je hausse les épaules. Il sait tout aussi bien que moi que je suis stressée et il en joue. Quel enfoiré !

– Je pourrai t'aider à réviser si tu veux, j'ai mon vieux livre de code chez moi, propose-t-il.

– Oui, pourquoi pas.

Il me sourit, content de ma réponse, et reporte son attention sur la route pratiquement déserte. Je ne reconnais pas cette route, je n'ai aucune idée d'où il peut m'emmener. Qu'a-t-il prévu pour ce nouveau bain de minuit ?

– Réponds à ma question, maintenant !

– Ouh… La petite ne rigole plus, rit-il. Détends-toi un peu, Alex.

– J'ai répondu, c'est à ton tour.

– Nous allons dans la forêt. Il y a une très jolie rivière, parfaite pour un bain de minuit… si l'eau n'est pas trop froide. Heureusement, il a fait beau et chaud toute la journée.

Je soupire de soulagement. Une rivière… Ce n'est rien. Si ce n'est se baigner dans une eau un peu sale, mais rien d'insurmontable. Et surtout rien d'interdit. Je dois avouer que ça me rassure. C'est ce qui m'effraie le plus : l'interdit. Je ne veux pas me retrouver dans une situation qui n'engagerait pas que moi. Je ne veux en aucun cas que mes parents soient mêlés à ces défis si nous venions à nous faire choper en train de faire quelque chose d'illégal. Donc tant que ce n'est pas interdit, ça va, je pense pouvoir y arriver.

– Elle est où cette forêt ? Je ne savais pas qu'il y en avait une dans les parages…

– Fais-moi confiance, Alexie.

Après une vingtaine de minutes de trajet, nous empruntons une autre route conduisant à une petite ville perdue dans la campagne. Aucune forêt à l'horizon, seul un paysage urbain s'offre à nous. Les petites maisons sont collées les unes aux autres, de part et d'autre de l'étroite route sur laquelle nous roulons.

– Nous sommes presque arrivés, murmure mon voisin en regardant tout autour de lui.

– Il n'y a pas de forêt par ici, Jérémy. Tu es sûr d'avoir pris le bon chemin ?

– Oui, nous sommes au bon endroit.

Son visage se referme et la peur, une fois de plus, m'assaille. L'habitacle de la voiture semble se rétrécir autour de nous. L'atmosphère devient subitement pesante. Jérémy tourne à droite et se gare sur un petit parking désert. La vieille enseigne « piscine municipale » illuminée attire immédiatement mon attention. Et mon sang ne fait qu'un tour.

– Surprise, gamine !

– 16 –

Infraction

Jérémy affiche un sourire radieux, plein de vie. Il ne perd pas une seconde pour descendre du véhicule, me laissant clouée sur mon siège, complètement paralysée. Ce que l'on s'apprête à faire n'est pas une bonne idée. Il ouvre ma portière et me regarde dans le blanc de l'œil.

– Allez, Alexie, descends. On va bien s'amuser.

Il me tend une main. Je me détache à tâtons, incapable de détourner mon regard du brun. Je saisis sa paume et il me tire hors du véhicule.

– Tu n'as jamais rêvé d'avoir la piscine du quartier rien que pour toi ? demande-t-il.

Bizarrement non, ça n'a jamais été un de mes rêves. Mais il est plus que probable que ça soit celui de la majorité des gamins de moins de dix ans… Pourtant, ça n'a pas été mon cas, et c'est certainement parce que la maison de mes parents avait déjà une piscine privée. Maintenant que j'y repense, j'y passais tous mes après-midi quand j'étais gamine. Il suffisait que le soleil pointe le bout de son nez pendant quelques minutes pour que je me retrouve en maillot de bain, à supplier ma mère de me laisser aller me baigner.

– Moi, c'était un de mes rêves, reprend Jérémy. Et ce soir, je le réalise enfin. Mieux vaut tard que jamais, non ?

– C'est illégal de faire ça, dis-je en observant la vieille bâtisse face à nous.

– Et alors ? C'est le principe d'un défi, Alex. Faire un truc hors du commun pour surpasser ses limites et avoir une montée d'adrénaline ! J'ai choisi cette piscine parce que, ici, personne ne nous connaît. Je suis venu en repérage plusieurs fois cette semaine, il y a un trou dans le grillage de derrière, on peut facilement s'y faufiler.

– Et le gardien de nuit, tu y as pensé ? Je ne veux pas me retrouver au poste de police, Jérémy ! dis-je à la fois en colère et tétanisée.

– Un gardien pour cette vieille piscine ? Voyons, ne dis pas de bêtise ! Tu as vu l'état du bâtiment ? Si les proprios n'ont déjà pas assez d'argent pour l'entretenir, ils n'en ont certainement pas pour faire surveiller les lieux ! Allez, ne fais pas ta flipette, suis-moi, m'intime-t-il en me tirant par la main en direction de la piscine.

Effectivement, l'endroit n'a pas l'air de toute fraîcheur. Tout comme le reste de la ville, il faut dire. Je suis Jérémy, ma main toujours dans la sienne, le long des murs de l'enceinte, jusqu'à l'arrière du bâtiment. Nous nous retrouvons face au fameux grillage qui, d'après mon voisin, nous permettra d'entrer par effraction. J'aperçois le bassin extérieur. Le croissant de lune se reflète dans l'eau, donnant l'impression que celle-ci est remplie de particules scintillantes.

Je dois avouer que j'ai peur. J'ai envie de rebrousser chemin, de m'enfuir pendant qu'il en est encore temps. Mais d'un côté, une pulsion me pousse à suivre Jérémy. Et c'est ce que je fais : il m'indique l'endroit où se trouve l'ouverture dans le grillage, dissimulé par des plantes, et je me faufile à l'intérieur de la piscine municipale.

Voilà, nous y sommes. Tous les deux, côte à côte, devant le bassin extérieur. Jérémy ne perd pas une seconde et retire son tee-shirt.

– Reste pas plantée là, Alex, déshabille-toi ! rit-il.

Je m'exécute sans enthousiasme, retirant mes chaussures et ma veste. Je ne peux m'empêcher de regarder tout autour de moi, à l'affût du moindre bruit, du moindre mouvement.

– Détends-toi, gamine. Rien ne t'arrivera, essaye de t'amuser.

Il s'approche de moi et agrippe le bas de mon tee-shirt.

– Lève les bras, murmure-t-il.

Jérémy me retire mon haut et le laisse tomber par terre, à nos pieds. Il me regarde droit dans les yeux. Son sourire a disparu pour laisser place à cet air sérieux qui m'est désormais familier. Il replace une mèche de mes cheveux derrière mon oreille avant de reculer. Il enlève son jean, se retrouve simplement en caleçon. Le regard qu'il me lance m'incite à l'imiter.

À présent, nous sommes tous les deux en sous-vêtements l'un en face de l'autre.

– Tu as peur ? demande Jérémy d'une voix douce.

Cette voix, elle ne lui ressemble pas. On dirait qu'il craint que je ne m'enfuie en courant comme un petit animal sauvage duquel on se serait approché trop brusquement.

– Un peu, réponds-je.

Enfin, je l'avoue. Il le savait déjà, c'est une certitude. Mais cette fois je le verbalise. Nous nous regardons quelques secondes puis Jérémy hoche la tête. Il se retourne, sans bruit, et va s'asseoir sur le bord de la piscine. Il trempe les pieds dans l'eau comme pour jauger sa température avant d'y plonger ses mollets.

– Approche, murmure-t-il.

Je marche sur les dalles délabrées jusqu'au bord du bassin. Les joints sont noirs, cet endroit respire la crasse. Jérémy avait raison, il est très peu probable que cette piscine dispose d'un quelconque système de surveillance. Et j'avoue que cette idée me rassure grandement.

Là où nous nous trouvons, il doit y avoir un mètre cinquante de profondeur environ. Effectivement, les dalles en mosaïque au fond de l'eau ne sont plus en bon état et la plupart des lampes qui entourent le bassin ne fonctionnent pas. Je m'assieds à côté de Jérémy et plonge mes jambes dans l'eau, comme lui. Je suis surprise de découvrir que l'eau est tiède. Presque chaude pour l'heure et la saison. Elle doit approcher les vingt-cinq degrés.

– Tu vois, elle n'est pas froide, dit Jérémy. Le soleil a chauffé la piscine pendant toute la journée.

– Tu as sûrement raison.

J'agite mes jambes dans l'eau, c'est agréable. Mes mouvements créent des petites vagues, de plus en plus grosses à mesure que j'accélère le mouvement.

– Moi aussi j'avais peur lors de mon premier défi, déclare mon voisin.

Je le scrute. Il regarde devant lui, les yeux dans le vague.

– J'ai eu peur à plusieurs reprises pendant des défis, d'ailleurs. Mais le premier, c'était le pire, alors qu'en soit il n'avait rien d'exceptionnel. Ce qui est étonnant, c'est que j'ai quand même adoré ça. J'ai ressenti quelque chose d'incroyable, juste là, dans ma poitrine. C'était la première fois que je me sentais réellement vivant, Alex, tu comprends ? La première fois. J'ai compris plus tard que c'était un des effets de l'adrénaline.

– C'était quoi, ton premier défi ?

Il sourit et lève les yeux vers le ciel obscur.

– Comme je te l'ai dit, ça remonte à deux ans. Ma classe et moi sortions d'un énième contrôle surprise de maths où nous nous étions évidemment tous plantés… Depuis le début de l'année, nous menions une espèce de guerre froide à ce prof. Nous lui en faisions voir de toutes les couleurs et, de son côté, il nous assassinait à coups de contrôles et de devoirs à rendre sur lesquels on passait nos week-ends. Cette fois, nous ne nous sommes pas laissé faire. Nous étions tellement remontés après cette interro que nous avons décidé d'aller récupérer les copies. Et c'est ce que nous avons fait… Ou plutôt, ce que *j*'ai fait. J'ai infiltré la salle des profs juste avant dix-huit heures, quand le lycée ferme. Et j'ai récupéré toutes les copies qu'il y avait dans son casier, même celles des autres classes.

– Et après, que s'est-il passé ?

– Résultat, on s'est quand même fait avoir, ricane-t-il. Cet enfoiré de prof s'est douté que le vol des copies venait de notre classe. Il nous a tous collé un zéro.

– Aïe…

– Je ne regrette pas, affirme Jérémy en haussant les épaules. Bon, j'avoue que le zéro nous a fait mal, mais on n'avait plus rien à perdre de toute façon. Avoir trois ou quatre de moyenne, ça ne change pas grand-chose. Et puis, j'ai vraiment aimé faire ce truc. J'y ai pris goût et c'est de là que tout est parti.

– Je vois.

Je continue d'agiter mes jambes dans l'eau en pensant à ce que vient de me révéler Jérémy. C'est drôle que tout ait commencé comme ça… À cause d'un affrontement entre un prof et ses élèves.

Soudain, sans le faire exprès, je fais un mouvement brusque et éclabousse Jérémy d'eau chlorée.

– Excuse-moi, dis-je précipitamment.

Une étincelle de malice traverse son regard et il me lance un sourire ravageur.

– Je vais me venger, Alexie !

Avant que je n'aie le temps de rétorquer ou d'essayer de parlementer, mon voisin m'entraîne dans le bassin. Je pousse un cri puis me retrouve la tête sous l'eau. Finalement, elle est assez froide. Surtout au fond. La chaleur n'est que superficielle, la chair de poule envahit ma peau alors que je suis toujours piégée sous l'eau. Je remonte rapidement à la surface et respire un grand coup.

– Quel abruti ! crié-je.

– C'est toi qui as commencé, gamine.

Je replace mes cheveux derrière mes oreilles pour dégager mon visage et lui dis :

– Évite de me noyer. Tu ne t'en souviens peut-être pas mais, la dernière fois que tu m'as fait boire la tasse, tu as réagi de manière assez… étrange.

– Comment ça, étrange ? s'étonne-t-il.

– Je ne sais plus exactement… Tu as dit que tu ne laisserais personne avoir mal par ta faute.

Je marque une pause en essayant de me remémorer ses mots exacts. C'est assez flou dans ma mémoire bizarrement. On dirait que mon cerveau ne veut pas se souvenir de ce premier bain de minuit avec Jérémy…

– Non, finis-je par soupirer, tu m'as dit plus exactement que tu ne « laisserais jamais personne mourir par ta faute ».

L'expression de Jérémy change du tout au tout et il me tourne le dos pour rejoindre le bord opposé à celui sur lequel nous étions assis quelques secondes plus tôt.

– C'était une façon de parler, Alexie. Rien de plus.

– Dans ce cas, pourquoi agis-tu comme si tu avais quelque chose à te reprocher ?

– Je n'ai rien à me reprocher, je me sens juste agressé par tes paroles. On dirait que tu me suspectes de quelque chose et je n'aime pas ça. Voilà pourquoi je suis sur la défensive.

– Excuse-moi, je ne voulais pas te mettre mal à l'aise.

Il pose ses mains sur le rebord du bassin et se hisse hors de l'eau. Son grand corps dégouline magnifiquement. Ses cheveux sont plus bruns, plus longs.

– Essayons le bassin intérieur, il y a un toboggan, propose Jérémy d'une voix ferme. Un vieux toboggan, certes, mais il est cool quand même.

Je le regarde s'approcher de la baie vitrée derrière laquelle on distingue un autre bassin surplombé d'une structure métallique. Il s'approche de la porte et tente de l'ouvrir.

– C'est fermé, annonce-t-il.

– Évidemment que c'est fermé ! Et puis il est hors de question que je m'infiltre à l'intérieur de ce bâtiment.

Jérémy ne prête aucune attention à ce que je raconte et donne un coup d'épaule dans la porte vitrée.

– Arrête ça, tu risques de briser la vitre, elle est déjà fissurée ! m'exclamé-je.

Encore une fois, mon voisin reste muet. Il donne un deuxième coup dans la porte qui tremble sous le choc. Le troisième coup est celui de trop. La vitre se brise, les éclats de verre s'éparpillent sur le sol à ses pieds.

Et, subitement, une alarme se déclenche.

– Bordel ! s'écrie Jérémy en reculant rapidement. Sors de la piscine ! On se casse !

Son ton me force à m'exécuter. Il ne rit plus du tout.

– Dépêche, les flics vont débarquer ! gueule-t-il en rassemblant ses affaires.

J'en fais autant. Je sens mes muscles et mes membres convulser de peur. Comment ai-je pu penser qu'on pouvait violer une propriété privée sans avoir de problème ? Que m'est-il encore passé par la tête ?

Nous ne prenons pas le temps de nous habiller ni même de chausser nos baskets. Nous réempruntons le trou par lequel nous étions arrivés et courons aussi rapidement que nos jambes nous le permettent jusqu'à la voiture. Les cailloux meurtrissent mes pieds mais, étonnamment, je ne ressens aucune douleur. Mon esprit est bien trop concentré sur notre évasion. C'est tout ce qui compte à cette minute.

Nous parvenons à la voiture, ouvrons les portières à la volée avant de nous engouffrer à l'intérieur. Jérémy balance ses vêtements sur moi et démarre immédiatement le véhicule dont les pneus crissent et dérapent sur le gravier à cause de la vitesse.

Mon cœur bat à se décrocher de ma poitrine, j'ai l'impression de manquer d'air. Je sens des vibrations dans mes mains, et j'ai les jambes flageolantes. *L'adrénaline…*

Au bout de plusieurs centaines de mètres, Jérémy ralentit. Sur la voie d'en face, une voiture de police nous croise, gyrophares et sirène allumés, roulant vers l'endroit que nous venons de quitter à la hâte.

– Eh ben… Il était moins une ! souffle Jérémy.

À cet instant, dans l'obscurité de la voiture, je peux jurer le voir sourire…

– 17 –

Soirée

Quatre jours se sont écoulés depuis le soir où Jérémy et moi sommes entrés par effraction dans la piscine de cette petite ville. Quatre jours que je flippe à l'idée d'être retrouvée par les flics. Quatre jours que des flashs de cette nuit-là fusent dans ma tête. Et surtout quatre jours que mon voisin ne m'a donné aucun signe de vie. Silence radio. Je lui ai pourtant envoyé un message hier soir, pour prendre de ses nouvelles. Il n'a pas répondu. Je ne comprends pas pourquoi il fait le mort, maintenant, juste après notre premier défi ensemble. J'aurais aimé pouvoir en discuter avec lui, j'aurais voulu pouvoir confier mes inquiétudes et mes craintes à quelqu'un. Et c'est la seule personne avec qui je peux en parler. J'essaye de lui trouver des excuses, me disant que, peut-être, ses études occupent tout son temps en ce moment. Qu'il a des devoirs à rendre ou des examens à préparer. Mais il n'a jamais évoqué ses études. Il n'a jamais mentionné ce qu'il faisait durant cette première année post-bac.

C'est vrai, Jérémy est comme ça. Il parle très peu de lui. Je n'arrive pas à comprendre pourquoi il reste si évasif sur sa vie alors que nous sommes… amis. Et coéquipiers maintenant. Il se dévoile au compte-gouttes, on dirait presque qu'il pèse soigneusement ses mots quand il parle. C'est une impression assez étrange. Il semble toujours dans la retenue. Ça me gêne.

J'ai l'impression qu'il a des secrets. Des secrets autres que les défis, peut-être. Ça expliquerait pourquoi certaines de mes paroles le font tiquer, pourquoi il se renferme subitement parfois. Et pourquoi il en dit si peu sur lui.

– Alex ? Alexie, tu es avec nous ?

Je reviens à moi, réanimée par les gestes frénétiques d'Opaline sous mes yeux. Je jette un coup d'œil autour de moi, sur ces camarades de classe avec qui nous déjeunons pratiquement tous les midis mais qui sont surtout des amis d'Opaline. Ils ont tous les yeux rivés vers moi.

– Oui, pardon, j'avais la tête dans les nuages, dis-je pour m'excuser.

– Ça t'arrive souvent ces derniers temps, soupire ma meilleure amie.

– J'ai de nouveau des insomnies, je suis fatiguée.

C'est la première fois que le fait d'être insomniaque se révèle utile. En moins d'une semaine, cela m'a servi deux fois d'excuse pour mes absences répétées.

– Je vois.

Opaline croque dans sa pomme en me défiant du regard. Elle me jauge, l'air suspicieux. Une lueur de doute dans ses yeux me dit qu'elle ne croit pas un mot de ce que je raconte. Qu'elle sait que je cache quelque chose derrière cette justification un peu foireuse. Les autres me fixent également, et je finis par baisser la tête vers mon assiette de flageolets-steak haché à peine entamée.

– Au fait, reprend ma meilleure amie, Yann nous a invitées à sa soirée pour Halloween, ce week-end.

– Yann ?

– Oui, tu sais, le gars qui était dans notre cours de littérature l'année dernière. Il a beaucoup insisté pour que tu viennes.

– Heu… Je ne sais pas. Je vais voir avec mes parents.

– Tu as bien le droit de sortir un peu en ce moment ! Après Noël, avec le bac de français, on aura moins le temps de s'amuser. C'est maintenant ou jamais, Alex. En plus, ça sera le début des vacances de la Toussaint, tes parents ne peuvent pas refuser.

Opaline a raison. Si je veux sortir, c'est le moment. Je ne compte pas foirer mon bac de français. Mais je n'ai pas la tête à ça. Mon esprit est ailleurs, je n'arrive pas à me concentrer sur mon groupe d'amis. Sur tout ce qui n'est pas en rapport avec Jérémy, à vrai dire.

– Tu as raison, je te redis ça, finis-je par répondre.

– Tu devrais vraiment venir, insiste ma meilleure amie. À ce qu'il paraît ça va être mortel ! C'est une soirée déguisée, évidemment. Je viendrai en infirmière zombie, interdiction de me piquer l'idée !

– Un déguisement ? Pff, je n'aurai jamais le temps de m'en dégoter un d'ici ce week-end !

– Mais si ! Ne t'inquiète pas pour ça, on ira ensemble ! assure Opaline. Il nous reste toute la semaine.

Je n'aime pas les fêtes déguisées, c'est toujours un vrai casse-tête. Je passe des heures dans les magasins à essayer de trouver un costume un peu original, pour finalement repartir avec le plus basique de tous.

– D'accord, on fait ça, souris-je.

Opaline a l'air ravie de ma réponse et elle me rend aussitôt mon sourire.

– On va s'éclater, je t'assure !

Puis elle reprend sa conversation avec les autres filles de la tablée, tandis que je retombe dans le flot de mes pensées, habitées pour la plupart par Jérémy…

– 18 –

Revenant

Mercredi soir, je rentre des cours. La journée a été longue et fatigante… Je suis totalement exténuée et une tonne de boulot m'attend encore à la maison. Ça me mine le moral. Je dois réviser un contrôle d'histoire qui portera sur l'intégralité des notions étudiées depuis le début de l'année, et fignoler un devoir de maths que j'ai heureusement commencé hier soir.

Je passe le trajet de bus les yeux rivés à mon classeur d'histoire. Qui aurait cru que trois chapitres seraient si longs à réviser ? J'ai des dates historiques plein la tête, un tas de noms de villes et d'événements à mémoriser d'ici demain. Heureusement, la mémoire est un de mes points forts.

Les vingt minutes de route passent en un éclair et me voici déjà chez moi, dans ma chambre, allongée sur mon lit. J'entame aussitôt la rédaction de mes fiches de révisions pour être débarrassée le plus rapidement possible. Étonnamment, j'arrive à me plonger dans le travail. Pour une fois, mon voisin ne s'invite pas dans mes pensées. Et c'est tant mieux. Je n'ai plus de temps à perdre avec un garçon comme lui, qui ne prend même pas la peine de répondre à un texto. Je lui ai consacré beaucoup trop de place dans mon esprit et d'énergie ces derniers jours. Dorénavant, j'attendrai patiemment qu'il revienne vers moi sans guetter mon téléphone ni la maison à gauche de la mienne.

Petit à petit, j'arrive à assimiler le contenu de mes cours. Ma concentration est optimale, jusqu'à ce que mon portable sonne et me tire de ma bulle. Je soupire et attrape mon téléphone posé sur ma table de chevet.

Ça ne me surprend pas lorsque son nom apparaît : il pointe toujours le bout de son nez lorsqu'il ne faut pas.

Jérémy : Salut, gamine.

Je secoue la tête, à la fois exaspérée et ravie qu'il me réponde enfin. Quel emmerdeur, celui-là ! Je jette un coup d'œil à mes fiches d'histoire afin d'évaluer ce qui me reste à étudier. J'ai bien bossé durant cette dernière heure et demie, il est légitime que je m'autorise une petite pause.

Alexie : Enfin, te voilà ! J'ai cru que tu t'étais tué lors d'un de tes stupides défis.

Jérémy : Eh non, toujours pas. Malheureusement pour toi, je suis toujours en vie.

Alexie : J'avoue que ça m'aurait arrangée que tu disparaisses. Ça m'aurait évité sûrement plein d'ennuis à venir.

Jérémy : Il ne t'arrivera aucun ennui, Alex.

Alexie : Tu crois ? La dernière fois pourtant, on y a échappé de peu.

Jérémy : Oui, mais nous n'avons pas été chopés. Tu n'as pas de soucis à te faire, je te dis.

Alexie : Tu as tout à fait raison, Jérémy. Ça n'a rien d'inquiétant de violer une propriété privée et d'être obligée de fuir pour échapper aux flics.

Jérémy : Alexie... Concentre-toi sur ce qui est arrivé, pas sur ce qui AURAIT pu arriver. On a géré notre stress à la perfection et on s'en est sortis sans encombre. Je suis très fier de toi, je ne sais pas si j'aurais été capable de canaliser mes émotions comme toi si ça avait été mon premier défi.

Alexie : Pas la peine d'essayer de me flatter, Sands. Ça ne marche pas avec moi.

Jérémy : D'accord, d'accord. Parlons d'autre chose alors. Quoi de neuf ? Tu fais quelque chose pour Halloween ?

Alexie : Heu... Oui, peut-être.

Jérémy : Comment ça, « peut-être » ?

Alexie : Je ne sais pas encore si j'y vais ou pas.

Jérémy : Aller où ? Attends, laisse-moi deviner...

Jérémy : Dans une maison hantée ?

Alexie : Très très drôle, Jérémy.

Jérémy : Oh ça va, on a le droit de rigoler, gamine !

Alexie : Je suis simplement invitée à une soirée.

Jérémy : Ah génial ! Qui t'invite ?

Alexie : Tu ne connais pas.

Jérémy : Et alors ? Tu peux quand même me dire, non ?

Alexie : Un gars, Yann, il était avec moi en cours l'année dernière.

Jérémy : Ça a lieu où ?

Alexie : Pourquoi toutes ces questions inquisitrices ?

Jérémy : Je m'informe, c'est tout.

Alexie : Je ne sais pas encore. Comme je te l'ai dit, je ne sais même pas si je vais y aller. Et toi, tu as quelque chose de prévu ?

Jérémy : Oui, je vais voir mes amis. On se fait un truc entre nous, comme tous les ans.

Alexie : Je vois… Une soirée défis jusqu'au bout de la nuit, je suppose ?

Jérémy : Peut-être que oui, peut-être que non. Ce qui se passe avec mes potes lors de ces soirées reste entre nous !

Alexie : D'accord, pas de souci.

Je pose mon téléphone et récupère la fiche que j'avais entamée. Je connais les points les plus importants des deux premiers chapitres, je n'ai plus que le troisième à approfondir. Si je me dépêche, j'aurai terminé dans une bonne heure.

Jérémy : Tu fais quoi ?

Alexie : Avant que tu ne ressurgisses je bossais.

Jérémy : En parlant d'études, tu veux que je te donne des cours ?

Alexie : Heu… Ça ira merci.

Jérémy : Pour ton code alors ?

Alexie : Jérémy…

Jérémy : Ça me ferait vraiment plaisir, tu sais. Ça nous permettrait de passer du temps ensemble en dehors des défis.

Alors, comme ça, mon voisin veut passer plus de temps avec moi ? Ça ne colle vraiment pas avec sa disparition des derniers jours… Mais je ne vais pas me plaindre. J'adore les moments où nous sommes ensemble, surtout lorsqu'il ne s'agit pas de défis. Alors même si c'est pour étudier, l'idée ne peut que me plaire.

Alexie : Bon, d'accord. Je veux bien essayer une fois. Si le feeling passe bien quand on travaille, on pourra poursuivre.

Jérémy : Super ! J'ai encore mon vieux livre de code et un CD-ROM pour passer des codes blancs, je vais te préparer à fond !

Alexie : J'ai intérêt à l'avoir du premier coup, Sands.

Jérémy : Ne t'en fais pas pour ça, tu n'as aucun souci à te faire.

Alexie : On se voit quand alors ?

Jérémy : Pourquoi pas dès demain ? Tu n'auras qu'à venir chez moi après les cours.

Alexie : D'accord, on commence demain si je n'ai pas trop de devoirs.

Jérémy : J'ai hâte de te revoir, Alex.

Alexie : Ouais... Moi aussi.

Alexie : Je dois te laisser, j'ai du boulot à finir.

Jérémy : Pas de souci, gamine. Bonne chance.

Alexie : Merci.

Jérémy : À demain, alors.

Alexie : Ouais, à demain.

– 19 –

Vitesse

Toc toc.

J'abats mon poing contre la porte d'entrée de la maison de Jérémy et attends qu'il m'ouvre. Dans le bus, je l'ai informé que je venais chez lui pour commencer mes leçons de code. Les profs ont été cool, pour une fois, je n'ai que très peu de choses à faire pour demain et aucun contrôle à réviser pour le reste de la semaine. Mon voisin avait l'air ravi et m'a dit qu'il préparait tout pour mon arrivée. Ça m'a fait plaisir de le voir si enthousiaste à l'idée de me voir et de m'aider pour ce foutu code auquel je n'avais même pas pensé.

Soudain, la porte s'ouvre. Jérémy apparaît devant moi, tout sourires, un peu essoufflé. Il passe le dos de sa main sur son front, comme pour y essuyer de la sueur.

– Salut, Alexie, dit-il en m'invitant à entrer d'un signe de tête.

– Salut.

Je pénètre dans sa maison qu'une agréable odeur de gâteau embaume. Je regarde autour de moi avant de me laisser guider par Jérémy jusqu'au salon.

– Ça sent bon ici, souris-je.

– Heu, ouais. Hier soir, j'ai demandé à ma mère de nous préparer une pâte à gâteau. Moi, je n'ai eu qu'à la cuire, se justifie-t-il.

– C'est quoi comme gâteau ?

– Je sais pas exactement… Il est au chocolat.

Il se gratte l'arrière de la tête, l'air gêné, puis disparaît dans la cuisine. Il ressurgit, un gâteau entre les mains. Un couteau est posé dessus et je salive d'avance.

– Merci pour le gâteau, Jérémy.

– Je… C'est pas grand-chose, tu sais.

– Il a l'air délicieux.

Jérémy s'assoit sur le canapé, pose la pâtisserie sur la table basse et commence à la découper. Ça me fait bizarre d'être à nouveau ici. La dernière fois que je suis venue, Jérémy m'a dévoilé sa partie d'ombre. La dernière fois que je suis venue, je me suis enfuie, effrayée par la personne qui se trouvait face à moi.

Il relève une demi-seconde la tête vers moi avant de lancer :

– Peux-tu sortir deux petites assiettes, s'il te plaît ? Elles sont dans le meuble à gauche.

Je traverse la pièce et m'exécute.

– Comment ça se fait que tu ne te sois pas renseignée pour passer ton code ? s'interroge mon voisin.

Je me retourne vers lui, les deux assiettes en main. Je les pose sur la table, et m'assieds à côté de lui sur le canapé.

– J'en sais rien, à vrai dire… J'ai l'impression de grandir trop vite. Je ne vois pas les choses se profiler.

Dans ma tête, je me dis que j'ai toujours le temps pour tous ces trucs, tous ces exams. Et en fait… plus tant que ça. À la fin de l'année, c'est déjà le bac de français.

– Ouais, c'est vrai. J'avais un peu cette impression moi aussi.

Il nous sert à chacun une généreuse part de gâteau.

– J'espère que tu vas aimer, dit-il en me tendant l'assiette.

– Je n'en doute pas une seconde. Rien qu'à l'odeur, je sais qu'il est délicieux.

*
* *

Une bonne demi-heure s'est écoulée depuis que nous avons fini d'engloutir nos parts respectives. Effectivement, le gâteau était vraiment bon. Cette attention venant de Jérémy m'a beaucoup touchée. Et maintenant, je sais que sa mère n'a pas que des défauts… Une fois l'estomac plein, nous avons commencé à bosser mon code et je dois avouer que c'est plus simple que je l'imaginais. Finalement, on connaît déjà pas mal de panneaux rien qu'en étant passager et, pour le reste, c'est de la pure logique. En plus, Jérémy est un bon prof, il est gentil et il prend le temps d'expliquer plus en détail les points compliqués. Pourtant, à ce stade, il est énervé. Jessica a essayé de le joindre une bonne quinzaine de fois depuis mon arrivée. Il lui a envoyé un message lui disant qu'il la rappellerait plus tard, qu'il était occupé. Mais ça n'a pas eu l'air de la dissuader. Au contraire, même, ses appels ont redoublé.

Jérémy est si nerveux que je lui propose d'arrêter le cours. Il acquiesce et s'affaisse sur le canapé en soupirant. Je me tourne vers lui et scrute son profil tendu. Je me demande ce qui le met dans un état pareil. Pourquoi n'a-t-il pas simplement répondu à sa… copine ?

– Je… Si ce n'est pas trop indiscret, commencé-je, pourquoi tu ne lui as pas répondu ?

– On était occupés, répond-il la mâchoire crispée.

– Ça ne me dérange pas que tu lui répondes, je peux aller faire un tour dans le jardin si tu veux.

– Non. Le problème n'est pas que tu sois là.

– C'est quoi, alors ?

Mon voisin se tourne vers moi, son regard me transperce.

Il secoue la tête tristement avant de dire :

– Elle me prend la tête, en ce moment. La dernière fois qu'on s'est vus… elle m'a dit qu'elle en voulait plus. Qu'elle voulait des promenades en ville main dans la main, des dîners en tête à tête, des « je t'aime »… et tout ce qui va avec. En gros, elle m'a dit qu'elle en voulait plus ou qu'elle mettrait fin à notre relation.

– Oh…

Cette révélation me fiche une claque. J'en ai la tête qui tourne. J'avais presque oublié que cette fille avait des sentiments pour mon beau voisin… Et aujourd'hui, pour la première fois, je le ressens distinctement : je suis jalouse. Je suis jalouse d'elle. Jalouse de la relation qu'elle a avec Jérémy. Parce que je n'ai pas envie de le partager avec quelqu'un, et encore moins avec Jessica.

A-t-il des sentiments pour elle ? Forcément. Il en a un minimum, c'est obligatoire.

– Que... Que comptes-tu faire, du coup ? murmuré-je.

– Pour être honnête, j'en sais rien, soupire-t-il. Je n'ai pas envie de la perdre. J'ai beaucoup d'affection pour elle, et je ne veux pas qu'elle sorte de ma vie.

– Mais est-ce que tu l'aimes ?

Les mots m'échappent, et j'aurais aimé les avoir prononcés moins fort pour que Jérémy ne les entende pas. Mais évidemment, ce n'est pas le cas. Il hausse un sourcil, pince les lèvres. Mes mains deviennent chaudes, puis moites.

– Quoi ? demande-t-il comme pour que je lui confirme ce qu'il vient d'entendre.

– Rien, laisse tomber.

– Tu m'as demandé si je l'aimais ?

Je ne réponds pas, je ne sais plus où me mettre. Je n'aurais pas dû lui poser cette question. Jérémy me défie du regard encore quelques instants avant de comprendre que je resterai muette. Il inspire profondément avant de soupirer :

– J'en sais rien, Alexie. Je ne sais pas ce que je ressens pour elle. Je suis complètement paumé, mais je ne pense pas l'aimer... À vrai dire je n'ai jamais vraiment été amou...

Et il s'arrête là. Brusquement. L'atmosphère devient pesante. Jérémy fronce les sourcils, des plis apparaissent sur son front. Que se passe-t-il encore sous son crâne ? Il quitte précipitamment le canapé, manquant de cogner la table basse. Les événements me dépassent, je ne comprends pas ce qui se déroule sous mes yeux. J'ai l'impression de revivre cette situation pour la troisième ou quatrième fois maintenant. Et pourtant, je ne comprends toujours pas à quoi sont dues ces sautes d'humeur.

– J'ai besoin de prendre l'air, annonce-t-il en passant rapidement la main sur son visage.

Il a l'air complètement perdu, ça me fait peur. Lorsque je me lève à mon tour, je réalise à quel point mon cœur frappe fort. Je perçois le sang qui bat dans mes oreilles, m'assourdissant. Comme lorsqu'on court trop vite, trop fort. Ou lorsqu'on éprouve un coup de stress bref et intense. Les pupilles de Jérémy sont plus dilatées que d'ordinaire, sa peau plus rouge. Il agrippe subitement mon poignet et me tire hors du salon en me lançant un « suis-moi ». Tout tourne autour de moi, je ne contrôle plus mes pas. Jérémy m'entraîne à l'extérieur. À cette heure-là, il commence à faire froid à cette période de l'année. Nous piétinons les feuilles mortes jonchant le sol jusqu'à la porte du garage que Jérémy ouvre frénétiquement. Il s'engouffre à l'intérieur de la pièce sombre et se faufile jusqu'au fond. Il s'approche d'une bâche bleu flashy, retire le tissu imperméable, dévoilant une vieille moto. Il la sort rapidement de sa cachette et l'amène jusqu'à moi. Je le regarde, abasourdie, sans comprendre ce qu'il fabrique. Ou plutôt, sans vouloir comprendre. Jérémy retourne une nouvelle fois dans le garage, dégote deux casques je ne sais où et m'en tend un.

– Mets-le, dit-il.

Je sens au ton de sa voix qu'il n'a pas envie que je pose de question. Il veut que je m'exécute sans parlementer, et vite.

– Mets-le, répète-t-il.

– Qu'est-ce que tu veux faire ? finis-je par demander.

Il soupire, exaspéré, et enfile son casque.

– J'ai besoin de faire un tour, de m'aérer la tête. Ne discute pas, mets ce casque.

– Et si je n'ai pas envie ?

– Si tu n'as pas envie, dégage !

Les yeux de mon voisin m'intiment d'enfiler ce casque et de monter sur cette moto sans protester. Ses pupilles dilatées me filent des frissons. Qui est ce garçon ? D'où viennent ces sautes d'humeur à répétition ? Pourquoi suis-je encore là, face à lui, après tout ça ? Pourquoi est-ce que je m'acharne à préserver cette relation si difficile, si dangereuse ?

– Je… Tu ne préférerais pas rentrer ? On pourrait discuter calmement, proposé-je.

– Je n'ai pas envie de discuter actuellement, Alexie. Soit tu montes, soit tu pars. J'irai faire un tour avec ou sans toi, répond-il les dents serrées. Ses yeux marron chaud sont animés d'une fièvre intense. Il respire fort et ses joues ont pris des teintes cramoisies. Jérémy me tend toujours le casque, m'incitant encore à l'attraper. Je le regarde attentivement et remarque qu'il a été personnalisé. Des stickers de roses graphiques recouvrent la surface blanche, ainsi que de grosses écritures faites au marqueur à moitié effacées. À qui appartient ce casque ?

– Alexie ! avertit Jérémy.

Je reviens à moi, saisis fébrilement le casque graffité. Tout l'oppose à celui de Jérémy qui est noir, vierge, neutre. Je l'enfile et mon voisin s'empresse de boucler la sangle et de l'ajuster autour de mon menton. Il enfourche sa moto, fait apparaître les clés de l'engin comme par enchantement et démarre dans un vrombissement. Les jambes tremblantes, je prends place derrière lui et verrouille mes bras autour de son torse, le tenant fermement contre moi, comme si ma vie en dépendait.

Avant que j'aie le temps de retrouver mes esprits, nous sommes déjà sur la route. Le véhicule prend progressivement de la vitesse alors que nous filons loin de notre quartier. Les longueurs de mes cheveux, échappées du casque, volent dans mon dos. Le vent gifle mon visage, me coupe le souffle. L'équilibre de la moto est précaire, j'ai l'impression que nous allons nous écraser sur la route à chaque fois que Jérémy se penche pour tourner. J'ai peur, mon cœur s'emballe, semble vouloir s'échapper de ma poitrine. Je ferme les yeux pour essayer de ravaler mon stress. Entre mes bras, le corps de Jérémy semble se détendre doucement.

– Tout va bien ? demande-t-il subitement.

– Non ! hurlé-je pour qu'il puisse m'entendre malgré le bruit assourdissant du moteur.

– Ça ne va pas ?

– Non ! Non, ça ne va pas ! Je veux descendre !

En guise de réponse, la moto accélère un peu plus encore. Je resserre mes bras autour de Jérémy, colle mon corps contre son dos pour me faire la plus petite possible.

– Tu as peur, gamine ?

– Oui !

– Si tu as peur, alors félicitations, tu viens de réussir ton nouveau défi !

J'ouvre les yeux, tout s'éclaire dans ma tête. Encore une fois, tout tourne autour de ça pour Jérémy. J'avais presque oublié l'existence de ces foutus défis lorsque nous étions tous les deux chez lui, installés confortablement dans son canapé à apprendre les rudiments du code de la route. Ces foutus défis… Il ne pense qu'à ça.

Même si je les hais, la seule façon de rester proche de lui, c'est de les accepter et de les endurer. C'est une évidence. Et malheureusement, aujourd'hui, je ferais n'importe quoi pour le garder dans ma vie…

– 20 –

Halloween

Ce soir, c'est Halloween. Opaline et moi allons à la soirée à laquelle nous avons été invitées. Enfin, celle où ma meilleure amie m'a forcée à la suivre, devrais-je dire. Comme elle l'avait annoncé, Opal porte un costume d'infirmière zombie qui est, je dois l'avouer, terrifiant. Et comme je l'avais prédit, je suis une fois de plus déguisée en sorcière. Enfin, le chapeau noir et pointu vissé sur le haut de ma tête est le seul accessoire qui aille dans ce sens. La robe noire que je porte et mon long manteau sont tout ce qu'il y a de plus classique. Pour me rassurer, Opaline m'a dit que la simplicité de mon déguisement suffisait amplement, et elle m'a remerciée de faire l'effort de venir. J'ai eu envie de lui répondre que je n'avais pas vraiment eu le choix, mais elle avait l'air si heureuse de passer du temps avec moi que j'ai ravalé ma réflexion. J'adore Opaline, mais les soirées comme ça, ce n'est vraiment pas mon truc. Et elle le sait. Depuis que nous sommes amies, elle essaye par tous les moyens de m'entraîner dans des soirées douteuses où je ne connais pas les trois quarts des gens. À croire qu'elle ne comprend pas comment je peux préférer passer une soirée tranquille, rien qu'elle et moi, avec des pizzas et un bon film.

– Alors, que penses-tu de Yann ? demande Opaline tout en rajustant mon chignon dans le reflet du miroir de sa salle de bains.

– Comment ça ?

– Ne fais pas l'innocente, rétorque-t-elle, un sourire en coin. Ça se voit que tu lui plais ! Il est venu plusieurs fois cette semaine me demander si tu venais… Tu le trouves comment ?

– Tu te fais des idées, il s'en fout de moi.

Elle soupire et secoue la tête.

– Tu te moques de moi, Alex !

– Bon, peut-être que oui. Mais il ne m'intéresse pas.

– Oh, je t'en prie ! La dernière fois que tu as été en couple, c'était en troisième, et ça a duré un mois à tout casser ! Qu'est-ce qui ne te plaît pas chez lui ?

– Rien… Rien en particulier. Mais il ne m'attire pas.

– C'est à cause de ton voisin. Pas vrai ?

Je relève subitement la tête vers ma meilleure amie, les yeux écarquillés. Elle arrête immédiatement de peaufiner le chignon qu'elle m'a fait de force et me dévisage.

– Qu'est-ce que tu viens de dire ? demandé-je, décontenancée.

– C'est bon, Alexie, pas de mensonges entre nous. Je sais qu'il se passe un truc avec lui.

– Non… Il ne se passe rien, dis-je en croisant les bras sur ma poitrine.

– Ah oui ? Alors pourquoi passes-tu le plus clair de ton temps avec lui ? Pourquoi est-il venu te chercher l'autre fois, à la sortie du lycée ? Pourquoi ne me parles-tu plus d'aucun garçon qui pourrait potentiellement te plaire depuis qu'il est entré dans ta vie ?

– Je…

– Je ne comprends pas pourquoi tu ne veux pas me dire ce qui se passe entre vous, je suis ta meilleure amie, non ?

– Oui, Opal, tu es ma meilleure amie. Mais je t'assure qu'il ne se passe rien de plus entre nous que ce que je t'ai déjà dit. On se voit beaucoup, mais on n'est pas ensemble.

– Mais il te plaît…

– Oui… Je crois.

– Tu le lui as dit ?

– Quoi ? Bien sûr que non !

– Pourquoi pas ?

– Eh bien… Peut-être parce qu'il a déjà quelqu'un dans sa vie.

– Avoir un plan cul ne veut pas dire avoir quelqu'un dans sa vie. C'est pour ça qu'on appelle ça un plan cul, d'ailleurs.

– Je suis au courant mais, je ne sais pas… Enfin, je sais que l'attirance que j'ai pour lui n'est pas réciproque. Il le dit lui-même, les gamines ne l'intéressent pas.

– Pitié, Alexie ! Tu ne vas pas croire à ça quand même ! Tu connais beaucoup de garçons qui passent autant de temps avec une fille si elle ne leur plaît pas un minimum ?

Je hausse les épaules. Je ne sais pas ce que ressent Jérémy pour moi. Il est si évasif. La seule chose que je peux dire concernant sa vie sentimentale, c'est que son histoire avec Jessica est au creux de la vague…

*
* *

Nous arrivons finalement à la soirée de Yann. La maison, immense, est pleine à craquer. La musique retentit dans ma cage thoracique tant elle est forte. Opaline m'entraîne et nous traversons l'entrée bondée, où des tonnes de bouteilles de bière vides traînent déjà dans les coins. Nous n'avons pourtant qu'une demi-heure de retard. Je dois avouer que l'ambiance est euphorique. La musique qui passe est entraînante, les déguisements des lycéens sont mêmes sympas. C'est dire…

Jérémy s'est fait discret cette semaine. Comme à son habitude, j'ai envie de dire… Je ne l'ai pas croisé une seule fois dans le quartier, et il a écourté la plupart de nos conversations par message. Il a juste pris de mes nouvelles de temps en temps, mais n'a jamais entamé de discussion. Il me manque. J'aurais aimé le voir, ou au moins échanger davantage avec lui. Mais c'est Jérémy, il ne faut pas chercher à comprendre. Il semble avoir des périodes de moins bien, de repli sur soi. Et je ne veux pas passer pour la fille trop collante. Alors je lui laisse le temps dont il a besoin, même si chaque cellule de mon corps me crie d'aller toquer à sa porte pour le voir, ne serait-ce qu'un instant.

Lorsque nous étions sur le trajet pour venir jusqu'ici, il m'a envoyé un message.

Jérémy : Où se déroule ta soirée ?

Pas de salutation ni de formule de politesse. Mais ça m'est égal, le simple fait qu'il me parle me suffit. J'ai donc répondu à sa manière, sans lui dire bonjour, et sans lui demander si, de son côté, il allait toujours fêter Halloween avec ses amis. Parce que, peu importe combien il me manque, une part de moi ne peut s'empêcher de lui en vouloir. De lui en vouloir de fonctionner par périodes, de passer des journées à m'ignorer pour toujours finir par refaire surface, comme si de rien n'était.

Je suis tirée de mes pensées en arrivant dans le salon avec Opaline, lorsque Yann surgit de nulle part et nous saute dessus.

– Hé les filles, vous êtes là ! s'exclame-t-il avec un sourire radieux.

– Eh bien oui, il faut croire, répond sarcastiquement ma meilleure amie.

Il n'accorde aucune importance à la remarque d'Opaline, se tourne vers moi et me détaille de haut en bas, les yeux pétillants.

– Je suis vraiment content que tu aies pu venir, Alex.

– Oui, d'ailleurs, merci pour l'invitation.

– Ça me fait plaisir que tu sois là.

Opaline nous observe, l'air amusée. Elle essaye de dissimuler son sourire en se mordant les lèvres. Je la fusille des yeux et elle hausse les épaules d'un air innocent.

– Bon, les jeunes, je ne vous embête pas plus longtemps, annonce-t-elle avant de faire volte-face.

Je la retiens par le poignet, l'obligeant à se retourner vers moi.

– Où est-ce que tu vas ? lui demandé-je. Je viens avec toi.

– Si tu permets, j'aimerais y aller seule. Ce mec de terminale me fait de l'œil depuis des semaines, c'est le moment où jamais de l'aborder.

D'un signe de tête, elle désigne un groupe de cinq garçons debout près de la piste de danse aménagée pour la fête. Celui à la casquette rouge la regarde, un sourire en coin.

– On se rejoint tout à l'heure, ma poule, je dois saisir ma chance, dit Opaline avant de s'arracher à mon emprise et de se faufiler jusqu'à son bel inconnu.

Je la regarde s'éloigner en soupirant, vaincue. Yann passe son bras autour de mes épaules. Je me fais toute petite, gênée de me retrouver si proche de lui, et je ne peux m'empêcher d'imaginer la réaction de Jérémy s'il était là. Aurait-il montré un signe de jalousie, ou serait-il resté de marbre ? Une part de moi sait que ça aurait été la première option.

– Viens, on va se chercher à boire, propose Yann en me lançant un grand sourire.

Je n'ai pas la force de refuser ni de trouver une excuse pour m'échapper, et je le laisse m'entraîner vers la table qu'il a agencée en bar pour la soirée.

– Qu'est-ce que tu veux boire ?

– Comme toi.

– OK. Ça sera deux gin fizz.

Je n'ai aucune idée de ce que c'est, mais j'accepte. En réalité, ça m'est égal. Peu importe la composition de ce cocktail, il m'aidera à supporter cette soirée. Dans deux grands verres, Yann verse un fond de gin, du jus de citron, et remplit le reste d'eau gazeuse et de glaçons qu'il sort d'un mini-frigo caché sous la table. Il me tend ensuite l'un des deux verres, l'air fier.

– Je ne bois que ça en soirée en ce moment. C'est mon péché mignon, explique-t-il.

Je saisis le cocktail et le porte à ma bouche, trempant les lèvres dans le liquide jaune clair. Je suis agréablement surprise. Pas trop fort, incroyablement rafraîchissant et moins acide que je m'y attendais.

– J'aime bien, dis-je.

Il me sourit, dévoilant ses dents blanches trop bien alignées pour ne pas avoir été redressées par un appareil dentaire. Il est beau, il a beaucoup de charme, c'est certain. Ses grands yeux très foncés, très expressifs, lui octroient un regard qui déstabiliserait n'importe quelle fille. Mais pas moi. Non. Moi, la seule personne qui me déstabilise, c'est Jérémy. C'est le seul que j'aie en tête. Je l'ai dans la peau. S'il n'avait pas existé, j'aurais sûrement accordé plus d'importance à Yann. J'aurais sûrement appris à le connaître, et me serais rendu compte à quel point il est sympa, et… normal. Et c'est bien ça le problème. Il me paraît fade. Tellement fade, comparé à Jérémy ! Tellement sans intérêt. Rien à voir avec la fascination que j'ai pour mon voisin. Pour ce qu'il fait. Pour ce qu'il représente à mes yeux. À la fois le danger et la sécurité. La douceur et la brutalité. L'envie et la peur.

Et ce garçon face à moi, Yann, il ne m'inspire rien d'autre que de la sympathie. Je sais bien que je devrais renoncer, me sortir Jérémy de la tête et laisser une chance à Yann qui n'attend, de toute évidence, qu'un mot, qu'un geste de ma part pour entamer quelque chose avec moi. Une relation avec lui serait probablement bien plus sécurisante, apaisante et sans complications. Mais…

Subitement, ma tête se met à tourner. La musique semble ralentir, les mouvements des uns et des autres deviennent désordonnés lorsque, face à moi, je vois *sa* silhouette émerger du flot d'ados qui peuplent la piste de danse. Ma respiration s'interrompt un instant, mon cœur explose. Ses yeux m'ont déjà trouvée. Il se fraie un passage jusqu'à moi. Qu'est-ce qu'il fout ici ?

Mon beau voisin finit par se planter devant moi et, comme si de rien était, il m'embrasse le front affectueusement. Alors qu'il presse quelques instants ses lèvres sur ma peau, je sens immédiatement un malaise s'installer.

– Bonsoir, Alex, me dit-il.

Puis il recule légèrement et saisit ma main libre, tandis que l'autre serre toujours fermement le gin fizz pour éviter qu'il n'aille s'éclater contre le sol. Le visage de Yann a complètement changé, il grimace presque. Ses prunelles brunes se posent sur Jérémy puis sur moi, sur nos mains enlacées puis de nouveau sur Jérémy. Il a l'air complètement décontenancé.

– Tu ne nous présentes pas, Alex ? demande Jérémy tout naturellement, comme s'il n'avait pas conscience de la tension extrême.

– Hum… si, dis-je. Yann, Jérémy. Jérémy, Yann.

– Son copain, ajoute Jérémy en tendant la main vers Yann. Enchanté.

Ce dernier la lui serre mollement.

– Je ne sais pas si Alexie t'a prévenu que je viendrais, j'espère que ça ne te dérange pas trop, sourit Jérémy d'un air que je pourrais qualifier de sadique.

– Heu… Non. Pas de souci.

Yann me lance un regard qui me glace le sang avant de boire d'un trait la fin de son fizz.

– Bon. Je vous laisse profiter dans ce cas, lance-t-il.

Il claque son verre vide sur la table et s'en va à grands pas dans la direction opposée à la piste de danse.

Mon cœur bat la chamade. Que vient-il de se passer ? Je retire ma main de celle de Jérémy et me plante face à lui, la mine déconfite. Que lui est-il passé par la tête ? Je m'apprête à demander des explications mais il me devance.

– J'avais envie de passer Halloween avec toi, dit-il, j'ai supposé que ça ne te dérangerait pas que je m'incruste à cette petite fête.

– Qu… Quoi ? C'est tout ce que tu trouves à me dire après ce qui s'est passé ?

– Que s'est-il passé, gamine ? demande-t-il en fronçant les sourcils.

– Ça… dis-je en faisant un geste le montrant lui puis moi. Arriver, m'embrasser le front, me tenir la main, dire que tu es mon copain…

– Ah, tu parles de ça ! Ne me remercie pas, sourit mon voisin. Il est clair que ce gars… Yohann ? Il est clair qu'il s'intéresse à toi, il te bouffait des yeux. Maintenant, il ne t'embêtera plus.

– Qui te dit que je ne voulais pas être « embêtée » par lui ?

– Je te connais, Alex. Tu étais on ne peut plus mal à l'aise, tu le regardais à peine, pire, tu fuyais son regard. Tu n'es pas comme ça avec moi.

– Qu'est-ce que tu sous-entends ? dis-je, prise de court.

– Simplement qu'il ne t'intéresse pas.

Jérémy tend la main et retire le chapeau pointu vissé sur le haut de ma tête. Il l'observe en souriant et remet doucement en place mes cheveux décoiffés par cet accessoire ridicule.

– Ça te dérange qu'on aille continuer la soirée autre part ? propose Jérémy. Pas que je me sente mal à l'aise ici, mais je n'ai pas envie de voir ce mec nous tourner autour.

– J'étais censée passer la soirée avec Opaline. Je ne peux pas l'abandonner.

– Ah oui ? Et elle est où là, actuellement ?

– Je… Elle est partie draguer, si j'ai bien compris.

Il laisse échapper un rire. Ce qu'il est beau… Beau et énervant !

– Alors on dirait que c'est elle qui t'a abandonnée, Alex. Tu viens ?

Il me tend la main, m'invitant à le suivre. Je le toise un instant, hésitante. Mais, après tout, il a raison. Je n'ai rien à faire à cette soirée à laquelle je n'avais d'ailleurs aucune envie d'aller. Opaline est partie, et Yann risque de m'éviter au moins pour les deux années à venir, avec qui pourrais-je discuter ? Je soupire et saisis sa main tendue, le laissant me conduire je ne sais où…

– 21 –

Aveux

Nous roulons en direction de la ville. Pas mal de personnes sont de sortie pour fêter Halloween. Cela faisait longtemps que je n'avais pas vu ça. Depuis une dizaine d'années, la fête des monstres avait déserté notre région, seuls les enfants continuaient à la célébrer. Mais apparemment, cette année, c'est différent.

– Où est-ce qu'on va ? demandé-je.

– Dans un bar pas loin d'ici.

– Les mineurs ont le droit d'y aller ?

– Non.

Jérémy me jette un coup d'œil, comme pour vérifier l'effet de sa réponse sur moi. Il sourit en découvrant mon visage crispé.

– Pas de souci, gamine. Je connais bien les types qui tiennent l'endroit. Ils te laisseront entrer sans poser de questions.

Effectivement, nous accédons au bar sans difficulté. Ce dernier est en plein centre-ville, je suis déjà passée devant un bon paquet de fois, mais je n'y ai jamais mis les pieds. À l'intérieur, la décoration d'Halloween est fantastique. Les proprios ont mis le paquet. Il y a des fausses toiles d'araignées partout, des citrouilles sculptées posées ici et là, et la lumière rouge tamisée crée une ambiance terrifiante.

Mon voisin m'emmène directement au comptoir où nous nous asseyons sur deux tabourets miraculeusement inoccupés. À peine installé, Jérémy hèle le barman – qui semble être bien plus qu'une connaissance – pour commander nos boissons, avant de reporter son attention sur moi.

– Ça a été, ta semaine ? me demande-t-il, l'air sérieux.

– Oui, réponds-je un peu plus sèchement que je ne l'aurais voulu.

Jérémy soupire et passe les mains dans ses cheveux, l'air gêné.

– Ouais... Je sais que cette semaine je suis resté silencieux sans vraiment te donner de raison, soupire-t-il.

– J'aimerais avoir une explication.

– Je n'ai pas d'explication satisfaisante à te fournir.

– Ça m'est égal, je veux savoir. Dis-moi pourquoi tu es toujours en train de disparaître.

– Je ne disparais pas.

Il ferme les yeux, son front se crispe.

– Disons que, par moments... j'ai des retours douloureux dans le passé.

Le barman arrive et dépose nos verres devant nous.

– Cadeau de la maison ! annonce-t-il en faisant un clin d'œil à Jérémy.

Ce dernier acquiesce et le remercie d'un petit sourire. Lorsque les iris sombres de mon voisin quittent le barman pour trouver les miens, il a retrouvé son sérieux et plus aucune marque de sympathie n'est visible sur son visage.

– Je n'ai pas envie d'en parler.

– Jérémy, j'ai besoin de savoir. Si tu savais à quel point tu peux m'énerver quand tu agis comme ça…

Il secoue la tête et soupire une nouvelle fois. Il attrape son verre et avale une grande gorgée avant de le poser brutalement sur le comptoir comme pour se donner du courage.

– On va dire que j'ai régulièrement des petites phases de déprime, liée à de la mélancolie, entre autres. Je suppose que ça arrive à n'importe qui, mais je préfère être seul dans ces moments-là. Du moins, limiter au maximum mes échanges avec les autres. Je n'aime pas qu'on me voie comme ça.

– Pourquoi tu ne m'envoies pas un simple message pour me le dire ? Ça m'éviterait de m'inquiéter.

– Tu t'es inquiétée ?

– Je… Oui, un peu, dis-je en bégayant.

– Il ne faut pas, Alex. Il n'y a rien de grave, j'ai toujours été comme ça. C'est aussi en partie à cause de ces coups de blues que j'ai tant pris goût à ces défis…

Interdite, je l'observe. Enfin, il se livre à moi. La machine est lancée, il va enfin m'expliquer ce qu'il se passe sous son crâne. Je fixe ses lèvres sur lesquelles se forment ces mots. Ces véritables indices sur la vie de celui qui se tient face à moi.

– Ces défis… C'est comme flirter avec la mort. C'est une façon de me prouver que la vie ne tient parfois qu'à un fil. Une façon de me rappeler qu'il est si facile de la voir glisser entre nos doigts, comme ça, en deux petites secondes, si on fait ne serait-ce qu'un mauvais pas… souffle-t-il. Grâce à l'adrénaline, grâce à ces passages des fois si près de l'autre bord, je me sens en vie et je me rends compte de la chance que j'ai d'être là. Même lorsque tout me paraît fade et sans intérêt.

Il marque une pause, reprend une gorgée avant d'ajouter en ricanant :

– Ne t'attache pas trop à moi, on ne sait jamais de quoi demain sera fait.

J'ai le souffle coupé. Je n'aurais jamais cru que Jérémy était comme ça, si désireux de donner un sens à sa vie en la confrontant à une mort potentielle. Son regard me transperce, il ne m'a jamais dévisagée aussi intensément. Ses yeux bruns me rendent fébrile.

– Est-ce que tu comprends maintenant pourquoi ces « folies » m'apportent tant, Alexie ?

Je déglutis. Ça me paraît fou, en effet. Ce gars est un vrai torturé. Que lui est-il arrivé pour qu'il sombre ainsi ? Comment en est-il arrivé au point d'avoir besoin de se prouver que la vie vaut la peine d'être vécue ?

– Mais… Pourquoi cette mélancolie ?

– Ça, ça ne regarde que moi, Alex.

– Tu n'en parles pas à tes parents ?

– Pour leur dire quoi ? ricane-t-il.

– Que tu ne vas pas bien, peut-être que ça te ferait du bien d'en parler. Ou tu pourrais aller voir quelqu'un.

– Je n'ai pas besoin de psy, Alexie. Je sais gérer mes états d'âme seul.

– Mais…

– J'ai toujours été capable de m'en sortir par moi-même. Pourquoi ça changerait maintenant ? Et puis franchement, qu'est-ce que je leur expliquerais ? Que je me sens inexplicablement déprimé de temps à autre ? Réfléchis un peu, personne ne peut rien à ça.

Il secoue la tête, avant de finir son verre. Les paupières clauses, il déglutit difficilement à cause de l'alcool fort.

– T'es-tu déjà sentie déprimée, Alex ? Sans raison particulière ?

– Je suppose.

– Bien sûr que oui. Comme tout le monde. Mais tu n'as rien pu y faire. Tu sais… Il faut savoir endurer la souffrance quand elle se présente à nous et attendre qu'elle fasse demi-tour. On ne peut pas se battre contre quelque chose de plus fort que nous.

Je n'ose même plus lui répondre. Je sais que, quoi que je lui dise, il trouvera des arguments pour étayer son point de vue : il n'a besoin de personne pour avancer, il gère très bien la situation seul. Pourtant, il vient quand même de se confier à moi. Alors je résous de me taire. De me taire et d'accueillir ce qu'il vient de me dire sans essayer de jouer les psychologues.

– Bon, arrête de me regarder avec ces yeux de merlan frit, sourit-il après quelques secondes de silence. Lance-moi un défi, plutôt !

– Quoi ?

– Allez, Alex. Fais-moi penser à autre chose.

– Je n'ai pas d'idée.

– Tu rigoles ou quoi ! s'exclame Jérémy. Depuis que nous sommes arrivés ici, au moins une dizaine de défis possibles m'ont traversé l'esprit… Un bar, c'est un lieu propice pour repousser de ses limites.

Un lieu propice ? Je regarde autour de moi, à la recherche d'idées, mais l'inspiration ne vient pas. *Merde, ce gars est vraiment malade !* Son cerveau tourne à plein régime lorsqu'il s'agit de défis… Moi, je n'ai pas la moindre inspiration. Malgré ça, je ne veux pas le décevoir. Tout ce qui l'intéresse, ce sont ces défis, et je comprends un peu mieux pourquoi maintenant. Il faut que je trouve une idée. Une idée. Une idée…

Mes yeux se posent sur nos verres.

– Commande sept shots. Bois-les à la suite.

– Sept ? Pourquoi sept ? rit Jérémy.

– Pourquoi pas ?

Il hausse les épaules, toujours en riant.

– C'est ça ton défi ?

– Quoi ? Ça ne te convient pas ? dis-je d'un air renfrogné.

Je croise les bras sous ma poitrine et, le sourire aux lèvres, il pose une main sur ma cuisse et la tapote gentiment.

– Non, gamine c'est très bien. Simple, mais efficace.

Avant que j'aie le temps de reprendre mes esprits, sept shots de vodka sont alignés en face de nous. Jérémy les regarde un à un, puis s'empare du premier en partant de la gauche. Il le boit cul sec. Le verre claque sur le comptoir, et il enchaîne. Il vide le deuxième, puis le troisième. Et, au bout de quelques secondes, il a ingurgité les sept verres. Il s'essuie les lèvres avec le dos de la main.

– J'ai la gorge en feu, lance-t-il.

– Je ne pensais pas que tu les boirais si rapidement.

– Tu m'as dit de les boire à la suite, c'est ce que j'ai fait. C'est tout l'intérêt du défi, ma belle.

Ma belle ? La vodka ferait-elle déjà effet ? Impossible. Je n'ose imaginer comment il m'appellera dans quelques minutes, lorsque l'alcool se sera mêlé à son sang.

– Ça faisait longtemps que je n'avais pas bu autant... La dernière fois, ça devait également être pour un défi, rit-il.

– Ah oui ?

– C'était mon ancienne coéquipière... Elle m'en avait donné un assez similaire.

Son ancienne coéquipière ? Il ne l'a jamais évoquée avant ce soir. Cette information, si anodine soit-elle, me fout une claque. Bien sûr que Jérémy avait une autre coéquipière avant moi. En y repensant, il l'a sûrement déjà mentionnée... C'est certain, même. Mais je n'arrive pas à me rappeler comment ni quand. Comme si, sur le moment, mon cerveau n'avait pas voulu analyser cette information et était directement passé à autre chose.

Ma curiosité est piquée au vif. J'ai envie de tout savoir d'elle. De sa relation avec Jérémy. J'ai envie de savoir où ils se sont rencontrés, pour commencer. Était-ce une amie ou, comme moi, une rencontre inattendue ? Comment les choses se sont-elles passées entre eux ? Combien de temps sont-ils restés coéquipiers ? Quels défis se sont-ils lancés ? S'entendaient-ils mieux que nous ? Et surtout, partageaient-ils plus qu'une simple affinité liée à ce jeu ?

– Comment s'appelle-t-elle ? demandé-je.

– Quelle importance, Alex ? ricane-t-il.

Aucun doute, Jérémy n'est plus dans son état habituel. Normalement, il ne m'aurait pas répondu sur ce ton. Son sourire se serait effacé, il se serait sûrement braqué, replié sur lui-même pour finalement me lancer froidement un « Ça ne te regarde pas ». Mais je sais très bien que si je veux obtenir un minimum de renseignements concernant son ex-coéquipière, c'est maintenant ou jamais. Pendant que son esprit divague, que ses belles lèvres seraient prêtes à m'avouer n'importe quoi.

– Je m'informe juste, c'est de la simple curiosité, insisté-je. Tu peux bien me dire son prénom, non ?

– Élise, concède-t-il. Elle s'appelle Élise.

– Combien de temps avez-vous été coéquipiers ?

– Presque un an et demi.

Un an et demi ! Cela me paraît interminable. Comment ont-ils réussi à alimenter ce petit « jeu » pendant tout ce temps ?

– Et… Heu… Ça fait longtemps que vous n'êtes plus coéquipiers ?

– Quelques mois, je dirais, bafouille-t-il. Je ne sais plus exactement quand ça s'est fini entre nous, pour tout t'avouer.

– Et pourquoi ça s'est fini entre vous, d'ailleurs ?

– Qu'est-ce que tu peux être indiscrète, Alexie !

– Je m'intéresse à toi, c'est tout.

Jérémy relève doucement les yeux vers moi. Et là, ses lèvres s'étirent. Vraiment. Réellement. Elles s'ouvrent, même. Ses dents apparaissent dans un éclat de lumière irréel.

– J'ai réussi alors, dit-il.

Ses joues ne retombent pas. Ses pommettes relevées trahissent son enthousiasme soudain.

– Qu'est-ce que tu racontes ? demandé-je, le front plissé.

– Tu ne te souviens pas de cette conversation que nous avons eue chez moi le jour où ta petite tête blonde a déboulé dans ma chambre à l'improviste ?

Il se marre. Moi, je reste impassible. Totalement concentrée sur ses réactions, sur ses mots, sur son état euphorique.

– Le soir de notre rencontre, reprend-il, je t'ai dit que je voulais que tu t'intéresses à moi. Et tu viens de dire…

– Que je m'intéressais à toi. Oui, c'est vrai, c'est ce que je viens de dire.

Je peux voir sur son visage qu'il se fait violence pour retrouver son sérieux. Mais ses joues sont toujours creusées et ses yeux brillants. Et puis, soudain, il éclate de rire.

– Excuse-moi… laisse-t-il échapper entre deux rires. J'ai la tête qui commence à tourner à cause de l'alcool. Je ne suis plus dans mon état normal.

– On ferait mieux de rentrer.

– Ouais, tu as raison.

– Faut qu'on appelle un taxi, tu ne peux pas conduire dans cet état.

– Tu peux essayer de conduire toi, sourit-il.

Et son fou rire reprend de plus belle. Quel con ! Même bourré, il arrive à se moquer de moi.

– Je vais appeler un taxi, je reviens, dis-je en lui donnant une tape dans l'épaule.

Et, sans lui laisser le temps de rétorquer, je quitte mon tabouret et me dirige vers la sortie du bar…

– 22 –

Rendez-vous

Jérémy : Bonsoir, Alexie.

Alexie : Bonsoir. Comment vas-tu depuis ce week-end ?

Jérémy : Beaucoup mieux... Ça faisait longtemps que je ne m'étais pas mis aussi minable. Et toi, tu vas bien ?

Alexie : Très bien, oui. Je n'ai pas beaucoup bu et je suis rentrée saine et sauve chez moi, je suppose que c'est l'essentiel.

Jérémy : C'est sûr, mais ce chauffeur de taxi... Un vrai dingue ! J'ai cru que j'allais vomir sur le cuir de sa voiture hors de prix durant tout le trajet !

Alexie : Petite nature...

Jérémy : Tu avoueras qu'il conduisait vite et de façon très brusque !

Alexie : C'est toi qui dis ça ? Je te rappelle qu'il y a quelques semaines tu m'as emmenée en virée sur l'autoroute, en pleine nuit, et que tu as fait monter ta vieille voiture à presque 200 km/h.

Jérémy : Alors déjà, tu laisses ma « vieille voiture » en dehors de tout ça. Et ensuite, quand j'ai le volant entre les mains, je sais qu'il ne peut rien m'arriver.

Alexie : Et pourquoi ça ?

Jérémy : Parce que je maîtrise parfaitement ma voiture. Je sais qu'il n'y a pas de risques.

Alexie : Crois-moi, Jérémy, il y avait bien plus de risques ce soir-là que samedi soir dans le taxi. Le chauffeur n'a pas dépassé les 70 km/h, il a bien vu que tu n'étais pas bien.

Jérémy : C'est pour ça que la facture était si salée !

Alexie : Oui, je n'arrive pas à croire que j'ai payé la moitié de cette course, alors que c'était toi qui étais incapable de nous ramener chez nous !

Jérémy : Tu es sérieuse ? C'est toi qui m'as lancé ce défi ! Si quelqu'un est fautif dans l'histoire, c'est bien toi !

Alexie : Mais tu l'as cherché. Les défis, c'est ton délire, pas le mien. Et je ne t'ai pas obligé à avaler ces shots.

Jérémy : Je ne refuse jamais un défi.

Alexie : Jamais ?

Jérémy : Ça ne m'est jamais arrivé, non.

Alexie : Donc, si je te disais de te jeter par la fenêtre, tu sauterais la tête la première ?

Jérémy : Si la fenêtre se trouve au premier étage, je le ferais.

Alexie : T'es un grand malade…

Jérémy : Tu n'es pas la première personne à me le dire, Alex.

Je verrouille mon téléphone, le jette à l'autre bout du lit et soupire profondément.

– Alors, qu'est-ce qu'il te raconte ? me demande Opaline en plongeant sa main dans le paquet de pop-corn que nous avons préparé nous-mêmes.

Je lève les yeux vers mon amie. Elle est avachie sur mon lit, les pop-corn posés sur son ventre. Ses beaux cheveux sont rassemblés en un gros chignon décoiffé et elle porte ses lunettes. Elle ne les met pratiquement jamais. Si ce n'est pour regarder la télé ou jeter un coup d'œil au tableau en cours. Opaline ne se supporte pas avec, et refuse de passer aux lentilles parce que :

« Non, mais attends ! C'est dégueu de se mettre un truc sur l'œil ! » Mais devant moi, ça ne la gêne pas de les porter parce que, peu importe ce qu'elle dira, c'est quand même plus confortable pour elle.

– Rien de particulier. On parle toujours de choses insignifiantes, lui et moi.

– Peut-être que vous ne vous dites rien d'intéressant, mais que vous *faites* des choses qui le sont… Alors je te repose la question : tu es certaine qu'il ne s'est rien passé entre vous samedi ? Même pas un petit mélange de salive ?

– Opaline ! m'exclamé-je en lui tapant l'épaule.

Elle se met à rire et me lance une poignée de popcorn à la figure.

– On ne joue pas avec la nourriture, Opal.

– On ne ment pas à sa meilleure amie, Alexie.

– Je ne te mens pas.

Elle hausse les sourcils et soupire, déçue. Elle aurait préféré que je mente.

– Il est vraiment nul, ton mec. Ça fait deux mois que vous vous connaissez et il ne t'a toujours pas embrassée. Ça craint. On n'a plus dix ans, quoi ! Qu'est-ce qu'il attend ?

– Il a Jessica, pourquoi s'encombrerait-il d'une fille comme moi ?

– La fille comme toi semble quand même lui avoir tapé dans l'œil. Vous passez votre temps ensemble. Regarde, avec qui a-t-il passé Halloween ? Elle ou toi ?

– Ça ne veut rien dire.

J'avale une poignée de pop-corn. Opaline me dévisage, comme si elle cherchait des arguments pour étayer son point de vue. Après quelques secondes de réflexion, elle me lance :

– Et le fait qu'il te dise qu'elle l'énerve, et qu'il ne veut rien de sérieux avec elle, tu crois que ça, « ça ne veut rien dire » ?

– J'en sais rien, OK ? En tout cas, il ne s'est rien passé entre nous.

– Qu'avez-vous fait après avoir quitté la soirée de Yann ?

– On est allés dans un bar en ville, on a discuté. Jérémy a pas mal bu, on est rentrés assez tôt.

– Tu n'es pas allée chez lui ?

– Pour quoi faire ? J'habite juste à côté.

– Rhô, ne joue pas à ça ! Vous auriez pu dormir ensemble, par exemple.

– Nous ne sommes pas ensemble, Opaline.

– Mais il te plaît, tu l'as avoué toi-même. Fais-lui savoir. Embrasse-le, la prochaine fois. Tu seras fixée. S'il répond à ton baiser, tant mieux, sinon… Tant pis. Tu n'as rien à perdre, Alexie.

Mon portable vibre. Opal ne me laisse pas le temps de le récupérer, elle l'attrape et lit le message que je viens de recevoir.

– C'est lui, dit-elle en mastiquant son pop-corn. Il veut savoir ce que tu fais le week-end prochain.

Elle relève ses yeux vers moi, m'interroge du regard.

– Demande-lui pourquoi, dis-je.

Mon amie s'exécute. La réponse de Jérémy ne tarde pas à arriver.

– Il dit que ses parents ne sont pas là, et il aimerait t'inviter à dîner samedi soir en tête à tête.

– Il a dit quoi ?! m'exclamé-je en me penchant sur l'écran de mon téléphone.

Cette dernière l'écarte de moi en pouffant.

– J'ai rajouté le « en tête à tête ». Juste pour voir ta réaction…

– T'es pas croyable, soupiré-je en secouant la tête.

– Mais il t'invite tout de même à dîner ! Laisse-moi lui répondre que tu es OK.

– Attends ! Ne lui envoie pas ça.

– Pourquoi ?

– Je dois réfléchir avant d'accepter.

– Alex… Laisse-toi un peu aller. Profite de tes vacances, essaye d'entamer une relation avec lui ! Tu en es folle ! Ça se voit à des kilomètres. Ce sourire radieux sur ton visage quand il t'envoie un message ou que tu parles de lui… tu n'en as même pas conscience.

Non, je n'en ai pas conscience. Mais c'est vrai, je suis heureuse quand je suis avec ce gars.

– Dis-lui OK, murmuré-je.

Les mots sortent dans un souffle, comme si mon cœur s'était empressé de couper la parole à ma raison. Un sourire en coin apparaît sur le visage d'Opaline qui envoie aussitôt le message à Jérémy.

Jérémy : Super, on se voit samedi soir à 19 heures alors.

– 23 –

Défi

La première semaine de vacances a été plutôt calme. J'ai traîné avec Opaline la plupart du temps, alternant révisions et sorties en ville. Une fois n'est pas coutume, notre planning de travail a été efficace et nous avons pu assimiler la quasi-totalité des notions que nous avions à étudier.

Quand Opal n'était pas avec moi, je n'ai pas fait grand-chose. J'ai pris du temps pour moi, en m'initiant au yoga grâce à des vidéos YouTube, et en reprenant un rythme de footing régulier. Du coup, mes insomnies se sont un peu calmées. C'est toujours comme ça : durant les vacances scolaires, je dors bien mieux. Passer plus de temps avec ma meilleure amie et ces heures de sommeil réparatrices m'ont aidée à reprendre pied. À m'éclaircir les idées concernant Jérémy. À comprendre mes sentiments pour lui. Et j'en suis arrivée à la conclusion qu'il valait mieux tous les refouler maintenant, plutôt que de les laisser s'épanouir. Il n'y a rien de pire qu'un amour à sens unique. Et puis, est-ce que je l'aime réellement ? Je n'en suis pas sûre. J'aime être avec lui, c'est certain, j'aime sa personnalité mais, de là à l'aimer *lui* réellement… J'ai l'impression que tout s'est mélangé dans ma tête, donnant naissance à des sentiments illusoires.

Les mains enfoncées dans les poches de ma veste en jean, je traverse la parcelle de pelouse qui sépare ma maison de celle de Jérémy. Il est un peu plus de dix-neuf heures, et il doit déjà m'attendre pour notre petite soirée en « tête à tête ». Comme toujours, j'appréhende un peu de le revoir. Surtout lorsque nous ne sommes que tous les deux. La dernière fois que je suis allée chez lui, il a fait une crise à cause de Jessica et je me suis retrouvée sur une moto, complètement tétanisée. J'espère que, cette fois, il n'y aura pas de tension et que tout se passera bien.

Toujours perdue dans mes pensées, je me rends à peine compte que la porte d'entrée s'ouvre déjà devant moi. Je me retrouve face à mon voisin souriant, vêtu d'un tablier maculé d'éclaboussures rouges. Son visage, lui aussi, est taché. En le voyant ainsi, je ne peux m'empêcher de sourire.

– Alexie, souffle-t-il en s'approchant de moi pour me faire la bise.

– Jérémy.

– Entre vite, il fait froid.

Il m'attrape par le bras et m'attire à l'intérieur avant de claquer la porte derrière nous. Pour me donner du courage, j'inspire profondément et découvre que l'atmosphère habituellement paisible et accueillante de la maison se conjugue à une douce odeur. Je n'aurais jamais imaginé que Jérémy s'affairerait aux fourneaux. Je pensais qu'il commanderait un truc rapide, ou qu'il demanderait à sa mère de nous préparer un petit quelque chose, comme la dernière fois.

Mais visiblement non, il a mis les petits plats dans les grands ce soir.

– Excuse-moi de te presser, mais je ne peux pas me permettre de faire brûler la viande une fois de plus, rit-il.

Sur ces mots, Jérémy me prend la main et m'entraîne jusque dans la cuisine, ne me laissant ni le temps de me déchausser ni celui de retirer ma veste. Mes yeux s'écarquillent en découvrant l'état de la cuisine. Elle est sens dessus dessous. Il y a de la nourriture et des récipients sales partout.

– Mais que prépares-tu pour avoir mis un tel bordel ? m'exclamé-je.

– Heu… Seulement des pizzas. Mais, pour ma défense, j'ai fait la pâte moi-même !

Sur la petite table au milieu de la pièce trône effectivement un plat circulaire où une pâte à pizza recouverte de sauce tomate attend d'être garnie.

– J'espère que tu aimes la pizza au poulet, je n'ai pas eu l'audace de me lancer dans une recette plus compliquée.

– C'est parfait, souris-je.

Il se déplace rapidement jusqu'à la gazinière où il remue la viande qui cuit à feu doux dans une poêle. Depuis combien de temps est-il en train de cuisiner ? Visiblement, il y a passé une bonne partie de l'après-midi.

– Tu n'étais pas obligé de faire tout ça, tu sais… On aurait pu commander, dis-je, légèrement gênée.

– Non, ça me fait plaisir. Et puis, tu vas enfin connaître mes talents en cuisine !

Ironiquement, il secoue la tête.

– Ça va prendre un temps dingue de tout nettoyer, tu en as conscience ? dis-je en m'approchant de lui.

Il marmonne un « hum » en haussant les épaules.

Je m'adosse au plan de travail et l'observe cuisiner. Son visage de petit écolier concentré m'arrache un sourire et, dans un élan de confiance, je passe mon pouce sur sa joue pour y essuyer une tache de sauce tomate. Il tourne la tête vers moi et sourit.

– Tu avais de la sauce sur le visage, me justifié-je en lui présentant mon pouce rouge.

– Merci de m'avoir sauvé du ridicule, Alex.

*
* *

La pizza à peine sortie du four, nous l'avons engloutie. Bien qu'elle ait frôlé de peu la carbonisation, elle était plutôt bonne. Ensuite, nous avons passé une bonne heure à remettre en ordre la cuisine. Et Jérémy a jugé bon de rajouter du bazar en me couvrant de farine. Un carnage, voilà ce que ça a été ! Je n'aurais pas dû me venger en ripostant… Le temps de nettoyage a été multiplié par deux.

Il est presque vingt-deux heures quand nous nous installons enfin sur le canapé, épuisés par cette bataille et ce rangement fastidieux. Jérémy a un sourire béat depuis le début de la soirée. Il a l'air apaisé, c'est l'une des premières fois que je le vois aussi serein. Il doit être dans une de ses « bonnes périodes » où tout va plus ou moins bien dans sa tête. Je suis toujours retournée par ce qu'il m'a raconté le soir d'Halloween, dans ce bar.

– Tu t'es amusée ? demande soudainement mon voisin.

Il me dévisage en se mordant l'intérieur de la joue. Il est totalement tourné vers moi, tandis que je suis assise, tendue, les bras le long du corps et les pieds ancrés dans le parquet du salon. Je pivote la tête vers lui et murmure :

– Beaucoup. Et tu n'es pas mauvais cuisinier.

– Oui, enfin… C'est grâce à toi que nous avons eu à manger… Si tu n'avais pas pensé à sortir la pizza du four, elle y serait peut-être toujours à l'heure actuelle.

– Ça aurait été difficile de la manger, tu ne crois pas ?

– Arrête de te moquer de moi, j'avais l'esprit ailleurs.

– Ah oui ? À quoi pensais-tu ?

Il secoue la tête et détourne le regard un instant.

– Peu importe, Alex.

Je hausse un sourcil inquisiteur. Je vois dans ses yeux bruns qu'il est sur le point de cracher le morceau. Il essaye de rester sérieux, mais ses joues creusées par ses deux fossettes le trahissent.

– Je vais peut-être rentrer, dis-je tout bas. Il commence à se faire tard.

Je fais mine de me lever, mais Jérémy m'attrape le poignet pour me forcer à rester assise.

– Tu restes, annonce-t-il.

– Il est tard, insisté-je. Et tu m'as fatiguée avec tout le foutoir que tu as mis dans la cuisine…

– Tu es insomniaque. Fatiguée ou pas, tu n'arriveras pas à dormir avant des heures.

– Je dors mieux en ce moment, figure-toi. Tu le saurais si tu me posais davantage de questions sur moi.

– Mais je te pose des questions, Alexie. Je m'intéresse à toi, à ta vie.

– Peu importe. Je ne veux pas te déranger plus longtemps.

– Ne joue pas à ça avec moi. Tu sais très bien que tu ne me déranges pas.

Il me fixe d'un air grave. Je sais qu'il ne me laissera pas partir. Mais pourquoi tient-il absolument à prolonger cette soirée ? Veut-il me parler de quelque chose en particulier ?

– En réalité, tout à l'heure, si j'ai oublié de sortir la pizza du four, c'est parce que j'étais en train de penser à un défi pour ce soir, murmure-t-il.

Un défi. Évidemment. Encore et toujours. Une partie de moi redoutait cette éventuelle issue pour la soirée, parce que, cette même partie de moi espérait secrètement qu'il m'ait invitée uniquement pour que l'on passe un bon moment tous les deux. Non pour se servir de moi afin d'assouvir sa soif d'adrénaline. Une soirée normale, loin de ces folies, loin de ces drogues singulières.

– Jérémy… Je n'ai aucune envie de relever un quelconque défi ce soir.

– Laisse-moi au moins le temps de te le proposer.

– Ça ne sert à rien, c'est non. Je… Je pensais que tu m'avais invitée à passer la soirée avec toi sans aucune arrière-pensée.

Une bouffée de déception et de colère me submerge. Je me lève, prête à m'en aller, mais Jérémy me retient une fois de plus en nouant ses doigts autour de mon poignet.

J'essaye de me dégager de sa prise, et râle :

– Laisse-moi partir, putain !

– Alexie, embrasse-moi.

Mon cerveau se fige un instant. J'ai l'impression que tout tourne autour de moi, d'avoir pris une claque manquant de me faire perdre l'équilibre. Je ne m'entends plus penser, les pulsations bien trop rapides de mon cœur résonnent en moi, provoquant un véritable vacarme.

Et, comme pour me confirmer que ce que je viens d'entendre n'est pas le fruit de mon imagination, mon voisin répète :

– C'est ton défi ce soir. Embrasse-moi.

Il ne me laisse pas le temps de répondre et m'attire vers lui. Je me laisse tomber sur ses genoux et il plaque ses lèvres contre les miennes. Un courant électrique me traverse. Sa bouche est douce, elle embrasse doucement la mienne avec une infinie tendresse. Une de ses mains se fraie un passage jusqu'à mon cou, comme pour m'empêcher de m'éloigner.

Qu'est-il en train de m'arriver ?

Il y a quelques instants, j'étais pleine de rage, à deux doigts de faire un scandale concernant l'omniprésence de ces satanés défis dans notre relation et là… Me voilà dans ses bras, embrassée, et à dix mille lieues de ressentir ne serait-ce qu'une once de colère.

Jérémy décolle finalement sa bouche de la mienne. Ses paupières s'ouvrent doucement, dévoilant ses beaux yeux pétillants. Je ne sais plus où me mettre après ça, que dire, que faire. Sa main logée dans mon cou caresse ma peau d'un geste si doux qu'il me paraît irréel venant de lui.

– Je…

Je commence à parler, mais ma voix se coupe. Peu importe ce que je dirai, cela paraîtra totalement con après ce qu'il vient de se passer. Et puis merde, que font habituellement les gens après s'être embrassés pour la première fois ? Se disent-ils quelque chose ou se contentent-ils de sourire ? Sourire c'est bien, mais ça ne règle pas la situation. On ne peut pas rester là éternellement, à se regarder dans le blanc des yeux avec un air complètement niais.

Alors je déglutis, prends mon courage à deux mains et dis :

– Il me semble que, là, c'est toi qui m'as embrassée et pas l'inverse. Je n'ai pas relevé le défi.

Le visage de Jérémy se détend, un sourire l'illumine. Il baisse un instant les yeux.

– Quelle perspicacité, gamine. Fais ce que tu as à faire dans ce cas.

L'expression n'aura jamais autant pris sens : Jérémy me défie du regard. Je peux imaginer l'adrénaline couler dans ses veines, son cœur battre plus vite et ses mains devenir moites.

Je prends une grande inspiration avant de relever, pour une fois sans réelle appréhension et avec une véritable envie, son défi. Une main dans son cou, j'attire son visage vers le mien jusqu'à ce que nos lèvres se rencontrent à nouveau…

– 24 –

Relation

– Sérieusement ? s'exclame Opaline, complètement euphorique, en tapant dans ses mains.

Ça faisait longtemps que je ne l'avais pas vue si enthousiaste. Parce que, oui, je viens de tout lui balancer.

Durant toute la seconde semaine de vacances, j'ai réussi à garder pour moi ce qui s'était passé avec Jérémy ce soir-là.

Mais en ce jour de rentrée, après avoir été questionnée toute la matinée, j'ai fini par cracher le morceau à Opaline : « Nous nous sommes embrassés. »

La surprise. La joie. La curiosité. Opaline est submergée. En digne meilleure amie qu'elle est, mon bonheur, et plus particulièrement mes pseudo-histoires d'amour, suffisent toujours à la rendre extrêmement heureuse. Parfois plus que moi, d'ailleurs.

Voyant que je ne réponds pas, Opaline reprend :

– Comme je suis contente pour toi, Alex ! Je te l'avais dit que ça se ferait entre vous ! Quelle charmeuse, je savais qu'il ne pourrait pas te résister indéfiniment.

Elle me saisit les mains et les serre chaleureusement dans les siennes. J'esquisse un sourire forcé, et détourne le regard. Si elle connaissait les conditions dans lesquelles ce baiser, ou plutôt *ces* baisers ont eu lieu, elle ne tiendrait pas le même discours.

– Raconte-moi tout ! insiste-t-elle. Je veux tous les détails.

– Eh bien… J'étais chez lui, nous avons passé la soirée ensemble et ça s'est fait.

– C'est lui qui t'a embrassée ?

J'acquiesce.

– Et lui qui disait que les « gamines » ne l'intéressaient pas ! Il s'est laissé prendre à son propre jeu, rit-elle.

Prendre à son propre jeu ? Pour le coup, c'est moi qui me suis fait avoir. Je ne voulais pas le laisser m'entraîner dans son histoire de défi ce soir-là, et puis… il m'a demandé de l'embrasser. Au fond, j'en brûlais d'envie depuis des semaines. Et j'ai cédé. Un instant de faiblesse, pour quelques secondes de réjouissance et des jours de torture psychologique. Parce que, oui, je ne fais que ressasser les événements de cette soirée. Tout me semble flou, je ne sais plus exactement comment c'est arrivé.

Ce baiser n'était qu'un défi pour lui, et même si je ne cesse de me le répéter, je n'arrive pas à passer à autre chose. Je n'arrive pas à oublier. Je n'arrive pas à me sortir de la tête la douceur de ses lèvres contre les miennes. Je veux encore y goûter, encore y avoir droit. Pas pour un défi, par pour un pari, pas pour l'adrénaline.

Mais Opaline, dans sa vision partielle des choses, n'a pas conscience de tout ça. De cette torture que me procure le fait de l'avoir laissé m'embrasser, et de l'avoir embrassé à mon tour. Parce que ça ne représentait rien. Ce baiser n'illustrait pas des sentiments naissants, et encore moins le début d'une relation.

– Comment ça va entre vous depuis ce premier baiser ? sourit-elle.

– On ne s'est pas revus.

– Pardon ?!

– Il était occupé, m'empressé-je de répondre pour couper court à ses questions, en soupirant et en secouant la tête.

– Vraiment ? s'étonne Opaline. Je ne suis pas dupe, Alex, qu'est-ce qui ne va pas ?

– Pour être honnête, c'est plutôt moi qui l'ai évité. Je ne sais plus comment me comporter vis-à-vis de lui maintenant.

– Vous n'avez pas reparlé de ce qui s'est passé ?

– Non, du tout. Et je ne sais pas où il en est avec Jessica.

– Ils se voient toujours ? s'exclame-t-elle.

– Je n'en sais rien. Je pense que je n'étais qu'une distraction d'un soir. Je ne me fais pas d'illusions…

– Tu dois clarifier les choses avec lui, pourquoi ne pas aller le voir après les cours ? Je peux t'attendre chez toi le temps que vous discutiez, si tu veux. Et après, on fait le point.

– Ce n'est pas une mauvaise idée… Je lui envoie un message pour savoir s'il est libre tout à l'heure.

*
* *

Jérémy a répondu que oui, nous pouvions nous voir ce soir, lorsque je rentrerais des cours. Il n'a pas demandé pourquoi je souhaitais ce face-à-face après une semaine sans donner de nouvelles. D'ailleurs, il n'a posé aucune question. Et je crois que c'est parce que, habituellement, c'est lui qui est dans cette position. C'est lui qui ressurgit après un moment sans avoir donné signe de vie et il a sûrement jugé mal venu d'exiger une explication pour quelque chose qu'il passe son temps à faire. Jérémy m'a juste demandé si cela me convenait que l'on se retrouve au parc Mirabeau, celui qui se trouve un peu plus haut dans notre quartier. Cette fois, c'est moi qui ai répondu oui.

Il est dix-sept heures quarante-cinq, et je parviens aux abords du parc. Les arbres sont nus, leurs feuilles tapissent et colorent joliment le bitume. Nous n'avons pas convenu d'un lieu de rendez-vous précis au sein du parc mais, dans mes souvenirs, le parc n'est pas si grand que ça. Je franchis les grilles et pénètre dans l'enceinte du jardin. Il est presque désert, mais cela n'est pas très étonnant étant donné les conditions climatiques de ce mois de novembre. J'enfonce mes mains dans les poches de mon manteau et remonte mon col pour couvrir mon menton. Puis je me mets en quête d'un endroit agréable pour discuter avec Jérémy.

Ma recherche s'arrête net lorsque je l'aperçois, assis sur un banc, dos à moi. Je le reconnais même de dos, malgré cette veste qu'il porte et que je n'avais jamais vue. Je prends une grande inspiration et marche jusqu'à lui. Instantanément, je me sens fébrile, une boule de stress se forme dans mon ventre. *Mon Dieu, pourquoi me fait-il perdre à ce point tous mes moyens ?*

Finalement, je contourne le banc et me retrouve face à lui. Il retire ses écouteurs et m'adresse un sourire.

– Alexie, dit-il d'une petite voix.

– Salut.

– Assieds-toi.

Il se décale à l'extrémité du banc et tapote la place à côté de lui. Je me laisse tomber lourdement à sa gauche, complètement rongée par l'angoisse de cette discussion. Presque aussitôt, Jérémy passe son bras autour de mes épaules, me serre contre lui et dépose un baiser sur ma tempe.

– J'ai cru que tu ne réapparaîtrais jamais, rit-il.

Sa remarque, qui se voulait pourtant affectueuse, me laisse de marbre. Je n'arrive pas à rire, je suis complètement bloquée par mes questionnements intérieurs. Et ces marques de tendresse dont il vient de faire preuve me perturbent davantage.

Alors quoi, ce défi n'était-il pas qu'un défi à ses yeux ? À quoi joue-t-il cette fois ?

Visiblement, mon absence de réaction ne passe pas inaperçue et Jérémy me jette un drôle de regard, les sourcils froncés.

– Quelque chose ne va pas ? s'enquiert-il.

– Je… J'aimerais juste clarifier deux ou trois trucs.

Ma voix s'éteint. Jérémy se tourne complètement vers moi, retirant son bras qui me tenait contre lui. À la place, il saisit ma main. Mes yeux se perdent sur nos doigts enlacés et, une fois de plus, je me sens complètement déstabilisée.

– À quel sujet ? insiste mon voisin, nerveux.

– C'est par rapport au dernier défi.

– Qu'est-ce qu'il y a ?

Ses mots sont pressants, je ne l'ai jamais vu comme ça.

– Que veux-tu savoir ?

– Tu en es où avec Jessica ?

– Jessica ? répète-t-il, surpris. Quoi, Jessica ?

– Tu en es où avec elle ?

– Enfin, Alexie, c'est quoi ces questions ?

– Vous êtes encore ensemble ?

– Bien sûr que non. Je pensais que c'était clair.

– Pourquoi ça le serait ?

– Eh bien, vu le défi que je t'ai lancé, je pensais que tu en aurais tiré les conclusions logiques.

– Jérémy, ce n'était qu'un défi, qu'un jeu, qu'une question d'adrénaline, il n'y avait rien à en conclure.

Mon voisin secoue la tête en soupirant. Il pince les lèvres, l'air déçu.

– Alors c'est ce que tu penses ? reprend-il. Que ce n'était qu'un défi ?

– Eh bien… Je ne sais pas.

– Non, Alex.

– C'était quoi alors ?

– Je… Ça faisait un moment que je voulais t'embrasser, mais faire passer ça pour un défi, c'était une façon plus facile de voir comment tu prendrais la chose. J'ai annoncé à Jessica que c'était terminé entre nous la veille du jour où nous nous sommes embrassés. Et ce n'était pas parce qu'elle ne me satisfaisait plus, ni parce qu'elle voulait plus. J'avais l'habitude de ses petites crises, mais j'arrivais toujours à la calmer et elle acceptait de poursuivre notre relation telle quelle. Je crois qu'elle préférait ça plutôt que de ne plus faire partie de ma vie. Au fond, elle a toujours su que je ne voudrais jamais rien de plus sérieux avec elle. Elle a dû se faire une raison, même si parfois elle recommençait à me parler d'une véritable relation…

Jérémy marque une pause, me quitte des yeux un instant pour contempler le parc autour de nous. La sincérité de son expression le rend encore plus beau. Il est doux et attentif. Comme il ne l'a jamais été jusqu'à maintenant.

– Si j'ai décidé de mettre un terme à ma relation avec Jessica, reprend-il, c'est uniquement parce que je voulais vivre quelque chose avec toi.

J'ai le souffle coupé. Alors Opaline avait raison. Une partie de moi refusait de croire le moindre mot de sa part concernant ma relation avec Jérémy, mais finalement… elle avait raison.

– Dès le jour de notre rencontre, tu m'as interpellé, explique-t-il. On ne peut pas dire que tu m'aies spécialement attiré dès le départ mais, petit à petit, ton caractère, ton franc-parler, ta petite bouille… Je n'arrive pas à l'expliquer, mais j'ai fini par ne plus être insensible à ton charme. J'avais de plus en plus envie de passer du temps avec toi et, quelque part, ça me faisait peur. C'est pour ça que souvent je restais silencieux, que je ne donnais plus de nouvelles. J'avais peur de trop m'attacher à toi. Je n'aime pas m'attacher aux gens, Alexie.

– Pourquoi ?

– Ça, je ne veux pas en parler.

– Jérémy, j'ai besoin de savoir pour réussir à te comprendre.

– Non.

Sa main glisse loin de la mienne. Une fois de plus, j'ai touché une corde sensible. Son visage se referme et je m'en veux aussitôt d'avoir insisté. Je sais à quel point il peut se braquer facilement.

– D'accord, excuse-moi, dis-je précipitamment pour essayer de minimiser son agacement.

– Ce n'est rien. Je veux juste ne pas me sentir forcé.

– Je comprends, désolée, ma curiosité va trop loin parfois.

– Ne t'excuse pas.

Il soupire encore. Ses yeux trouvent les miens. Ils brillent et m'hypnotisent.

– Tout ce que tu as à savoir, Alexie, c'est que je veux être avec toi. Pas seulement pour passer le temps, ni pour relever des défis. Je veux vraiment être avec toi parce que je me sens bien à tes côtés. Je ne connais absolument pas la nature de tes sentiments pour moi. S'ils sont purement amicaux ou si tu pourrais envisager quelque chose de plus sérieux…

Sa voix s'éteint. J'imagine son cœur s'emballer dans sa poitrine. Pour lui, le fait de se livrer de la sorte doit équivaloir à faire un saut à l'élastique avec un matériel endommagé. Avec un peu de chance, on remonte vers le haut mais, si l'élastique cède, on s'écrase au sol.

– Peu importe la nature de la relation que tu envisages entre nous, amicale ou... amoureuse, je l'accepterai, finit par me dire Jérémy.

– Je ne m'attendais tellement pas à ça !

– Je sais, s'empresse-t-il d'ajouter. Tu n'es pas obligée de me répondre tout de suite. Je comprendrais que tu aies besoin de prendre du recul.

– Si tu savais, Jérémy...

Les sourcils de mon voisin se froncent. Il retient sa respiration, comme pour me laisser m'exprimer et être sûr de ne manquer aucun de mes mots.

– Si tu savais depuis combien de temps j'attends que tu me dises quelque chose dans le genre. Je sais, c'est totalement cliché ce que je te dis, on se croirait dans un mauvais film à l'eau de rose...

Je secoue la tête, et pose une main sur mes lèvres un instant.

– Je n'ai jamais osé te révéler mes sentiments parce que j'étais coincée... Coincée par ta relation avec Jessica, coincée parce que tu disais ne pas être intéressé par les gamines.

– Il faut croire que ce n'est pas totalement exact, rit-il.

– Je ne pouvais pas espérer mieux.

– Alexie...

Je glisse une main le long de sa nuque et pose mes lèvres contre les siennes. Dans un premier temps, ces dernières restent immobiles comme si elles voulaient réapprendre à connaître cette bouche – la mienne – avant de l'embrasser. Et finalement, les lèvres de Jérémy se pressent contre les miennes, les caressent. Et un voile humide se forme tandis que nos langues se rencontrent réellement pour la première fois. Elles se découvrent, se touchent puis s'enlacent.

Elle est là, toute l'adrénaline que je veux connaître avec lui. Des échanges de regards fiévreux, des caresses indécises, des baisers lents et passionnés. Mais aussi la peur de perdre l'autre et la conscience de devoir vivre chaque instant comme si c'était le dernier. Voilà. Je veux que ce soient ces choses, et uniquement celles-là, qui fassent palpiter mon cœur.

Nos lèvres se décollent doucement. Nos yeux ne se lâchent pas, tout comme nos mains qui s'étreignent.

– Je veux t'inviter une nouvelle fois à une soirée avec mes amis, chuchote Jérémy. C'est important pour moi qu'ils sachent pour nous deux et que vous appreniez à mieux vous connaître.

– Quand ça ?

– Vendredi soir. J'aimerais vraiment que tu viennes.

– C'est au même endroit que la dernière fois ?

– Je ne sais pas encore, il faut que je voie avec eux. C'est en cours d'organisation. C'est pour ça que j'aimerais que tu me donnes une réponse d'ici demain soir, pour prévoir.

– Je n'ai rien de prévu.

– C'est parfait, alors.

Et, sur ces mots, il m'embrasse une nouvelle fois…

– 25 –

Secret

La semaine s'est déroulée sans encombre. J'étais vraiment sur un petit nuage. Depuis notre entrevue au parc, Jérémy est tout ce qu'il y a de plus attentionné. Nous sommes vendredi, la journée touche à sa fin, et je me suis préparée pour cette soirée avec ses amis. À cause d'un léger contretemps, ce dernier m'a demandé de le rejoindre directement chez lui à vingt heures.

Et le moment arrive. Si mes parents savent que je sors ce soir en compagnie de Jérémy, ils ignorent encore la nouvelle nature de notre relation, et je ne me vois vraiment pas leur en parler. Une part de moi préfère garder ça secret, au cas où les choses viendraient à tourner au vinaigre trop rapidement. Avec mon voisin, et maintenant petit ami, nous ne sommes à l'abri de rien.

Je quitte la maison après avoir embrassé mes parents. Il fait déjà complètement nuit, les jours raccourcissent de plus en plus. Pour une raison que j'ignore, j'adore cette sensation. Nous allons bientôt entrer dans cette période féerique où toute la ville est éclairée pour les fêtes de fin d'année, où l'air froid véhicule des odeurs de feu de cheminée dans le quartier.

Je frappe trois coups chez mon voisin et attends patiemment. La porte s'ouvre sur la mère de Jérémy, tout sourires.

– Alexie ! Ça me fait plaisir de te voir !

– Bonjour, madame Sands. Le plaisir est partagé.

– Entre, je t'en prie, Jérémy devrait descendre d'ici quelques minutes.

Je m'exécute et referme la porte derrière moi.

– Tu veux boire quelque chose ? me propose poliment ma voisine.

– Oh non, c'est très gentil mais je ne veux pas déranger.

– Tu es loin de déranger, ma petite. Tu sais que tu es la bienvenue ici. D'autant plus maintenant…

Son sourire s'élargit davantage tandis qu'elle m'adresse un clin d'œil complice. Je suis décontenancée par cette remarque et le lui fais savoir.

– Excusez-moi ?

– Eh bien, maintenant que Jérémy et toi êtes ensemble ! Si tu savais comme cette nouvelle m'a ravie, tu es une jeune fille si bien élevée !

Jérémy a donc confié à ses parents, ou tout du moins à sa mère, le nouveau statut de notre relation. Déjà ! Après seulement quelques jours. Je n'aurais jamais pu imaginer ça de sa part. Lui qui est habituellement si secret, si difficile à cerner.

– Je savais qu'une jeune fille se cachait derrière ce sourire, annonce-t-elle.

– Ce sourire ?

– Oh oui, Jérémy n'a pas arrêté de sourire béatement toute la semaine ! Il ne m'a pas fallu beaucoup de temps pour me douter de l'origine de cette euphorie. Je connais mon fils, et je sais comment il est quand il côtoie quelqu'un. Je l'ai travaillé au corps quelques minutes l'autre soir, et il a fini par me parler de toi, et de votre idylle naissante.

Finalement, ce n'est pas Jérémy qui a parlé directement de moi à sa mère. Je le reconnais mieux là. Mais je suis quand même touchée par les mots de Mme Sands, et par le fait que Jérémy n'ai pas eu peur d'évoquer notre histoire. Il aurait très bien pu tout démentir. Après tout, il est doué quand il s'agit de cacher des choses à ses parents.

– Enfin, je voulais juste te dire merci de rendre mon petit garçon heureux…

– Moi, un petit garçon ?

Une voix masculine fend l'air. Mme Sands et moi levons la tête vers l'escalier et découvrons Jérémy, posté en haut des marches, droit comme un I. Il porte une belle chemise blanche qui met en valeur ses larges épaules masculines qui lui donnent tant de charme.

– Cette chemise te va à ravir, mon chéri, le complimente Mme Sands en le regardant, pleine d'admiration.

Jérémy lui sourit, dévale les quelques marches qui nous séparent et nous rejoint. Il embrasse sa mère sur le front avant de se diriger vers moi. Il pose rapidement ses lèvres contre les miennes, saisit ma main et entrelace nos doigts.

– Ne commencez pas à bavarder dans mon dos ou, encore pire, à manigancer contre moi, nous prévient-il. Je te connais, maman, je sais comment tu peux être parfois.

– Moi ? Je n'ai rien dit du tout ! s'exclame-t-elle en levant les mains comme pour prouver son innocence.

– Ce n'est pas ce que j'ai cru entendre. Bon, on doit y aller. On n'est déjà pas très en avance.

– Oui, bien sûr, je ne veux pas vous mettre plus en retard !

La mère de Jérémy se tourne vers moi et me prend par les épaules avant d'embrasser chacune de mes joues.

– Et n'oublie pas, tu es la bienvenue ici, Alexie.

– Merci beaucoup, madame Sands.

*
* *

L'ambiance de la soirée est à peu près similaire à la dernière que j'avais passée en compagnie de Jérémy et de ses amis. À ceci près que, ce soir, les amis de Jérémy sont bien plus chaleureux envers moi et que nous ne sommes plus de simples amis, mais un couple.

Quand nous sommes arrivés, main dans la main, les yeux de tous se sont écarquillés et Claire, celle avec qui je me suis le mieux entendue la dernière fois, a pratiquement sauté de joie. Après ça, ils ont tous été aux petits soins avec moi. Peut-être que, désormais, ils envisagent réellement de me faire entrer dans leur groupe d'amis. Ou peut-être ont-ils simplement réalisé qu'ils allaient être obligés de me voir plus souvent, vu les circonstances. Enfin, peu importe la raison. Je me sens bien plus intégrée ce soir, et je ne peux m'en plaindre.

L'alcool coule à flots mais, pour ma part, je reste plus que raisonnable. Si Jérémy s'est accordé à mon rythme, on ne peut pas en dire autant de ses amis. Visiblement, cela fait longtemps qu'ils ne se sont pas retrouvés tous ensemble, et ils ont réellement envie d'en profiter. Peut-être un peu trop, d'ailleurs. Ils n'ont plus aucune retenue, ils rigolent pour un rien et j'avoue que, vu de l'extérieur, c'est plutôt amusant.

Noah prend un énième verre avant de dire :

– Au fond, j'étais sûr que vous alliez finir ensemble, vous deux !

Il adresse un clin d'œil à Jérémy avant de s'enfoncer à nouveau dans le canapé en avalant une gorgée de bière.

– Oui, je suis tellement heureuse pour vous, renchérit Claire. Alex tu as vraiment l'air d'être une fille géniale !

– Merci, souris-je, bien qu'un peu gênée par ce compliment. Maxime, à ma gauche, secoue la tête, un rictus sur le visage. Il se mord les lèvres, comme s'il se retenait de dire quelque chose.

– Ils ont raison, mec. Ne gâche pas tout cette fois, ne lui donne pas envie de fuir, finit-il par lancer à Jérémy en relevant la tête.

Mon sang se cristallise dans mes veines. Qu'entend-il par là ? Je sens Jérémy se figer à côté de moi. Son bras qui me serre se raidit. Je lui jette un regard perdu. Sa mâchoire est crispée, ses yeux sont fuyants. Peut-être parce qu'ils sont trop occupés à fusiller Maxime.

– Pourquoi aurais-je envie de fuir ? demandé-je, fébrile.

– Tu n'es pas au courant ? ricane Maxime.

– Ça suffit, intervient Jérémy.

Mais son avertissement n'a aucun effet sur ses amis, chez qui l'alcool semble avoir anéanti tous les filtres.

– Il ne t'a rien dit ? demande Suzanna.

– Il ne t'a jamais parlé d'Élise ? reprend Maxime. Comment est-ce possible ? Avec nous, c'est son seul sujet de conversation.

Élise ? Ce prénom résonne dans ma tête un instant et je me souviens. Du soir d'Halloween. De ce bar en ville. De ce Jérémy éméché qui s'est livré à moi et qui a laissé échapper ce fameux prénom.

Les regards des amis de Jérémy sont rivés sur moi, ils me donnent le vertige. Je redeviens la fille exclue, exactement comme le soir où je les ai rencontrés. Celle qui n'est pas au courant de quelque chose de capital et qui vit dans le flou. J'ai la nausée et je me lève brutalement, m'arrachant à l'étreinte de Jérémy.

– Je veux partir, dis-je, la voix tremblante. Je veux des explications. Maintenant.

Mon voisin relève finalement les yeux vers moi. De la détresse. Voilà ce qui transparaît de son regard. Cependant, il n'essaye pas de contester et se redresse à son tour. Il m'attrape par le bras et m'entraîne vers la sortie. Avant de quitter le salon, il s'arrête un instant et regarde ses amis un à un en secouant la tête, l'air déçu.

Et puis nous nous en allons. Il claque la porte d'entrée derrière nous et me fait dévaler les marches du perron jusqu'à sa petite voiture. Il m'ouvre la portière passager et, sans un regard de plus, déclare :

– Pour tout t'expliquer clairement, il faut que je t'emmène quelque part.

– 26 –

Toit

Le moteur de la voiture ronronne doucement. Jérémy, contrairement à son habitude, conduit lentement comme s'il souhaitait retarder le plus possible le moment où il sera obligé de passer aux aveux. Son visage est complètement fermé, il ne m'a pas adressé un mot depuis que nous avons démarré. Il ne quitte pas la route des yeux, comme si je n'étais pas à ses côtés. Il m'ignore complètement, totalement replié sur lui-même.

Il y a quelques minutes, nous avons quitté les grands axes routiers pour emprunter des sentiers déserts. Le paysage urbain laisse peu à peu place à la végétation et à quelques maisons excentrées et totalement perdues au milieu d'immenses jardins. La campagne, la vraie. Et puis, plus loin, les bois. Une forêt dense, dont j'ignorais totalement l'existence. Jérémy roule droit vers elle. Et je commence à avoir peur. Pourquoi m'emmènerait-il dans cet endroit ?

Qu'aurait-il besoin de m'y montrer pour pouvoir m'expliquer clairement ce qu'il a à me dire ?

Comme je le redoutais, c'est bien dans la forêt que Jérémy veut m'emmener. Nous atteignons l'orée des bois. La petite route sur laquelle nous nous trouvons est à présent la seule marque de civilisation au milieu de ces hauts pins qui nous enserrent.

Nous roulons encore quelques minutes, puis Jérémy se gare sur le bas-côté.

– On va finir à pied, annonce-t-il froidement en sortant de la voiture.

Je suis complètement sonnée, mon cerveau n'arrive pas à assimiler ce qui est en train de se dérouler. Un sentiment de panique s'empare de moi. J'ai l'impression que je vais m'évanouir. Ce lieu m'angoisse. Une multitude de scénarios me submergent. Je descends maladroitement du véhicule, manquant de tomber dans l'herbe. Jérémy est déjà face à moi.

– Viens, Alexie, dit-il en me tendant la main.

Je l'attrape, et ses doigts me serrent fort. Leur chaleur irradie dans mon corps, je peux sentir la tension qui émane de lui.

Il m'entraîne entre les arbres, nous nous enfonçons dans les bois. Il fait si noir. Aucun bruit, si ce n'est celui du craquement du lit végétal sous nos pas. De l'obscurité ténébreuse de la forêt surgit un bâtiment blanc. Abandonné, défraîchi, il ressemble à s'y méprendre à un décor de film d'horreur.

– C'est là, soupire Jérémy. Il faut entrer.

Je m'arrête aussitôt. Jérémy fait de même et tourne la tête vers moi.

– Alex…

– Hors de question que j'entre là-dedans.

– Nous ne restons pas à l'intérieur, c'est sur le toit que je veux t'emmener. S'il te plaît.

Et sans me laisser le temps de protester davantage, il me pousse à l'intérieur de la vieille bâtisse. Je ferme les yeux, le laisse me guider dans la pénombre. Nous arrivons en bas des escaliers et les gravissons jusqu'au toit. Il est plat, peu commun. Des débris jonchent le sol : il a souvent dû faire office de squat. Les tessons de bouteilles d'alcool se brisent un peu plus sous nos semelles. La lune nous surplombe. Presque pleine, elle éclaire étonnamment bien le bâtiment depuis le ciel.

– Maintenant, dis-moi.

Ma voix a sonné comme un ordre. Jérémy se concentre sur ce qui l'entoure avec une expression mélancolique. Ma gorge se serre. Il ne m'a jamais paru aussi triste, on dirait même qu'il est au bord des larmes. La lune se reflète dans l'humidité de ses yeux.

– Tu n'es pas la première fille que j'emmène ici. Je suis déjà venu avec Élise, murmure-t-il comme s'il avait honte de m'avouer ça. Je… C'est ici que nous avons réalisé notre dernier défi ensemble. Il me semble que ça s'est passé il y a une éternité. Pourtant, je la revois encore. Elle était terrifiée ce soir-là. Je connaissais ses peurs et j'ai joué avec. Sur le moment, je ne pensais pas que les choses prendraient de telles proportions. Ce n'était qu'un défi…

Il s'arrête. Serre les poings, la mâchoire, avant de reprendre.

– C'était… En plus d'être ma coéquipière, c'était ma copine, Alexie. Je n'avais aucune intention de lui faire de mal. Je voulais juste qu'on passe au niveau supérieur. On avait fait le tour des défis classiques. Je pensais que ça pimenterait un peu plus notre relation… Merde. Elle était comme toi. Elle avait une de ces peurs du vide… Ça la tétanisait. Et tu m'as tellement fait penser à elle ce soir-là, quand tu es descendue du balcon de ma chambre. Ce visage crispé, ces yeux scintillants d'appréhension… Tu étais elle, elle était toi. Je n'ai pas pu te sortir de ma tête après ça.

– Qu'est-ce qui s'est passé ? demandé-je, la voix étouffée.

Qu'a-t-il bien pu se passer pour qu'il en parle avec une telle mélancolie ? Avec tant de douleur ? De regrets ?

– C'était à mon tour de lui lancer un défi, elle était très joueuse. Elle n'a jamais rien refusé, elle m'a toujours impressionné, elle avait tellement de courage. Je suis allé trop loin ce jour-là. Je voulais qu'elle repousse ses limites. J'avais préparé le défi au préalable. J'y avais réfléchi pendant quelques jours, conscient que j'allais peut-être trop loin. Mais je me suis lancé.

Jérémy inspire profondément. Il marche jusqu'au bord du toit et regarde dans le vide un instant. Il me jette un coup d'œil par-dessus son épaule et murmure :

– Rejoins-moi.

Il me tend la main, sans se retourner complètement, les yeux de nouveau rivés devant lui. Je déglutis et m'exécute. J'attrape sa paume, noue mes doigts aux siens et viens me placer à côté de lui. Plusieurs mètres nous séparent du sol. Et, évidemment, je sens la panique monter en moi.

– J'avais apporté un vieux matelas que j'avais trouvé dans une déchetterie jusqu'ici. Il est encore là.

Jérémy pointe le sol du doigt, au bas du bâtiment. Je pose mes yeux là où il m'indique de regarder, non sans difficulté. En effet, un vieux matelas gît là, à moitié recouvert de feuilles d'arbres.

– Ce soir-là, je lui ai demandé de sauter du haut de ce toit, soupire Jérémy.

Sa phrase claque, fend l'air en deux.

– Mais…

– Elle m'a d'abord regardé avec un air épouvanté, m'interrompt-il. Au départ, elle a sûrement pensé que je me foutais d'elle. Elle a cherché dans mes yeux ce quelque chose qui lui aurait fait comprendre qu'elle avait raison, que tout ça n'était qu'une mauvaise blague. Mais ce n'était pas le cas. Je ne sais pas ce qui m'a pris ce jour-là, mais j'étais on ne peut plus sérieux. Je voulais voir à quel point elle était capable de repousser ses limites. Sa voix résonne encore dans ma tête lorsqu'elle m'a dit : « Pourquoi ? Pourquoi tu me demandes de faire ça ? Tu sais bien que je ne peux pas. Demande-moi autre chose, n'importe quoi. » Elle m'a pris la main, j'ai embrassé ses doigts. Elle avait les larmes aux yeux. Mais je n'ai pas cédé, j'étais convaincu qu'elle en était capable. Je ne percevais pas l'ampleur de sa phobie. Elle n'avait qu'à sauter.

Il soupire. Sa main se resserre autour de la mienne tandis que je découvre une facette de cet homme dont je n'aurais jamais soupçonné l'existence.

– « Non, c'est ça ton défi. Saute sur ce matelas du haut du toit », lui ai-je répondu Je suis resté intraitable alors que son visage se décomposait. J'étais complètement aveuglé par cette putain de décharge d'adrénaline. Elle me submergeait. Une vraie drogue, une addiction. Et le pire dans tout ça, Alex… c'est qu'elle a accepté. Malgré sa phobie, Élise l'a fait. Elle m'a demandé si je l'aimais, et après que je lui ai murmuré que oui, elle s'est dirigée jusqu'ici. À l'endroit même où nous nous tenons. Elle a regardé le matelas un long moment, puis elle est montée sur la balustrade.

Je fixe Jérémy, estomaquée par son comportement. Par son intransigeance face au désespoir d'Élise, uniquement pour assouvir sa soif d'adrénaline.

– Ces défis, c'est flirter avec la mort. On se l'était toujours dit. C'était notre credo, notre façon de nous sentir vivants. Et ce soir-là, plus que n'importe quelle autre fois, notre devise a pris toute son ampleur. Elle a sauté, Alexie. Mais… Elle est mal tombée. Elle a atterri à moitié sur le matelas. Et elle ne s'est pas relevée.

Ma respiration se bloque, j'ai subitement l'impression de suffoquer. J'ai besoin d'espace. J'essaye de retirer ma main de celle de Jérémy, mais il ne me laisse pas faire.

– Elle ne s'est pas relevée, reprend-il. Je suis descendu le plus rapidement possible et j'ai appelé une ambulance. Elle respirait encore. Suite à ça, elle est restée dans le coma pendant deux mois.

J'ai la gorge nouée. Je suis démunie face à cette histoire, face au comportement de Jérémy avec Élise. Et j'ai subitement peur du garçon qui se trouve devant moi. Je me rends compte de la force de son addiction, qu'il est capable de mettre quelqu'un qu'il aime en danger pour ce jeu stupide. Je ne peux pas supporter cette idée. Pas alors qu'il continue ces défis, comme si rien ne s'était passé.

– Laisse-moi partir, dis-je brusquement.

– Deux mois durant lesquels j'ai arrêté de vivre. Et quand elle s'est finalement réveillée, après plus de soixante jours de désespoir et de torture, elle m'a quitté. Je suis allé la voir à l'hôpital, fou de joie de la retrouver, et elle m'a totalement rejeté. Elle m'a traité de fou, m'a dit que j'avais besoin de me faire soigner. Et elle a menacé de tout raconter à mes parents si je ne la laissais pas tranquille. Je suis donc parti et je n'ai plus jamais eu de ses nouvelles.

– Mais merde, Jérémy ! Comment peux-tu continuer à faire tout ça après ce qui s'est passé ?

– Je ne peux pas m'en passer.

– Elle a raison, tu es malade ! Laisse-moi m'en aller !

Étonnamment, Jérémy lâche ma main, résigné. Je recule de quelques pas, m'éloigne du vide qui me terrifie d'autant plus maintenant.

– C'était un accident, Alexie. Je n'aurais jamais imaginé qu'elle puisse faire une mauvaise chute…

– Peu importe ! Les faits sont là. Pourquoi l'y as-tu forcée ? Et surtout pourquoi continues-tu cette connerie de jeu alors qu'il a failli tuer ton ancienne copine ?

Je recule encore, mettant un maximum de distance entre lui et moi. Je me dirige vers les escaliers. Je veux quitter ce lieu, immédiatement.

– Alex, attends…

– Non, ne t'approche pas de moi. C'est terminé, je ne veux plus rien avoir à faire avec toi.

Et sur ces mots, je dévale les escaliers et fuis la maison, le cœur au bord des lèvres…

– 27 –

Manque

Après avoir quitté Jérémy, j'ai couru à corps perdu jusqu'à l'orée du bois. J'ai activé l'option de localisation sur mon téléphone pour savoir où j'étais puis j'ai appelé un taxi pour rentrer chez moi. Une fois dans la voiture, je me suis effondrée et j'ai pleuré tout le long du trajet. Le chauffeur ne m'a posé aucune question, il s'est contenté de conduire et d'empocher les quarante euros que m'a coûtés la course.

À la maison, tout le monde dormait. Ça a été ça, la seule bonne nouvelle de la soirée : pas besoin de justifier mes larmes et mon visage décomposé. Je suis montée dans ma chambre, me suis cachée sous la couette et ai éteint mon portable après avoir constaté que Jérémy n'avait pas essayé de me joindre. Étonnamment, je n'ai eu aucun mal à m'endormir…

Et me voilà, une semaine plus tard, toujours dans le même état de choc. Jérémy a fini par refaire surface en m'envoyant un nombre incalculable de textos et en m'appelant plus que de raison. Il a laissé un message sur mon répondeur à chaque coup de fil. Je n'ai pas eu la force d'en écouter ne serait-ce qu'un seul. J'ai souvent eu envie de lui répondre, de lui crier dessus, mais aussi de lui dire que j'avais besoin qu'il vienne me réconforter. Cependant, je me suis forcée à rester muette, à ne donner aucun signe de vie, en espérant qu'il finisse par ne plus essayer de me contacter.

Évidemment, je n'ai pas réussi à dissimuler mon mal-être à mes parents. Je leur ai simplement expliqué que Jérémy et moi étions sortis ensemble et que l'on venait de rompre, mais que je ne voulais pas en parler. Cette simple explication a paru leur suffire, parce qu'un « chagrin d'amour c'est toujours difficile et que, la seule chose à faire, c'est attendre que ça passe ». Mais comment veulent-ils que ça passe alors que le responsable de ce tourment habite la maison d'à côté ? Peu importe que notre relation n'ait duré qu'un instant, j'ai le cœur déchiré.

Je suis tiraillée. D'un côté il me manque terriblement, et de l'autre je veux à tout prix garder mes distances avec ce garçon au comportement plus que discutable.

Je n'arrive pas à le comprendre. Cette histoire avec Élise… elle me semble irréelle.

Recroquevillée sous mes draps, le regard perdu dans le vide, je me remémore pour la énième fois la conversation que Jérémy et moi avons eue dans la forêt. Je revois la lueur dans ses yeux, je ressens encore la peur, la stupéfaction, et une irrépressible envie de pleurer me gagne.

Sur la table de chevet, mon portable vibre une nouvelle fois. Je soupire et tends le bras pour l'attraper. Je découvre les derniers messages que Jérémy m'a envoyés.

Jérémy : Je t'en prie Alexie, réponds-moi.

Jérémy : Tu ne peux pas me fuir indéfiniment comme ça. Il faut qu'on discute.

Jérémy : Je sais que c'est complètement dingue comme histoire… Mais putain, accepte de me revoir, s'il te plaît.

Jérémy : Je n'en peux plus de parler dans le vide, je vais devenir dingue. Fais-moi au moins un signe, n'importe quoi, sérieux !

Jérémy : Alexie… Je suis désolé pour toute cette histoire. J'aurais voulu te cacher cet épisode de mon passé. Je ne peux pas le changer, mais je peux essayer d'améliorer mon futur.

Jérémy : Merde… Je serais même prêt à aller voir un psy. Oui. Je vais aller voir quelqu'un, je te le promets. Je ferais n'importe quoi pour que tu acceptes de me redonner une chance.

Jérémy : J'en ai fini avec ces défis. J'ai besoin de toi. De toi, plus que de l'adrénaline.

Jérémy : Je savais que je n'aurais jamais dû m'attacher à toi… Mais il est trop tard pour faire marche arrière. Ce n'est pas faute d'avoir essayé pourtant… J'ai tenté de te tenir à distance un nombre incalculable de fois, mais je suis toujours revenu vers toi. Va savoir pourquoi, je ne pouvais pas me passer de ton caractère de cochon et de ton adorable visage.

Jérémy : Oui. Toi plus que l'adrénaline, Alexie.

Jérémy : Je suis sorti, je n'arrivais pas à dormir. Et je suis presque certain que toi non plus tu ne dors pas et que tu es en train de lire mes messages.

Jérémy : Me voilà sur la route. Oui… Je t'écris ces messages au volant, je sais que ce n'est pas bien, mais je n'en ai plus rien à faire. Plus rien ne m'importe maintenant que tu ne veux plus de moi.

Mon cœur se serre. Que veut-il dire par là ? Il est vraiment inconscient. L'angoisse m'envahit et, sans réfléchir une seconde, je rédige un message, les mains fébriles :

Alexie : Lâche ce putain de téléphone et concentre-toi sur la route. Arrête de jouer avec ta vie !

Jérémy : Mon Dieu, Alexie… Enfin ! Je t'appelle.

Avant que j'aie le temps de répondre, la sonnerie de mon téléphone retentit. Le visage souriant de mon voisin apparaît sur l'écran et je sens mon âme s'enflammer. Je reste immobile plusieurs secondes, les yeux rivés sur l'écran, incapable de décrocher. Je sais que, si j'entends sa voix, tous les efforts que j'ai fournis pour le sortir de ma tête pour m'éloigner, seront réduits à néant. Mais ce qu'il vient de m'écrire m'a touchée en plein cœur : « Plus rien ne m'importe maintenant que tu ne veux plus de moi. »

J'appuie sur le bouton vert et colle le téléphone à mon oreille en retenant mon souffle. Je n'entends rien de l'autre côté du combiné et puis…

– Oh Alexie… Je pensais t'avoir perdue !

Aussitôt sa voix me comble et le vide ressentit ces derniers jours s'évanouit.

– Tu me manques, soupire-t-il.

– Toi aussi.

Je réponds sans réfléchir et, évidemment, je m'en veux. Je m'en veux de céder si facilement. J'ai réussi à résister pendant toute la semaine, à l'ignorer magistralement, mais il ne lui a fallu que quelques mots pour briser tous les murs que je m'étais donné tant de mal à dresser entre nous depuis ce fameux soir.

– Mon ange…

Un simple murmure, presque irréel, à l'autre bout du fil. C'est la première fois qu'il m'appelle comme ça. Je me sens perdre pied. Tout se mêle : mes sentiments et ma raison. Ce garçon est tout ce que je veux. Ce garçon a un trouble psychologique.

– Je suppose que tu as lu mes messages. Je sais que tu ne les as pas tous ignorés, voire aucun, mais… Je tiens à répéter combien je m'en veux. Je comprends ta réaction, mais je ne peux pas renoncer à notre histoire sans rien faire. Merde, je ne peux pas te laisser partir comme ça. Cette semaine, j'ai essayé de me poser les bonnes questions pour comprendre mon comportement. En vain. Je n'ai trouvé aucune explication rationnelle qui justifierait que je continue ces défis après l'accident… Il n'existe sûrement rien qui pourrait expliquer cela, d'ailleurs. Je pense juste que si j'ai continué après ma rupture avec Élise, c'est parce que je ne supportais pas l'idée de perdre tous mes repères d'un coup. Et peut-être aussi parce que plus rien ne m'importait sans elle. La vie était tout simplement devenue insipide.

Il se tait. À présent, je n'entends plus que son souffle saccadé et le moteur de la voiture qui gronde. Je n'ose pas imaginer à combien il roule sur cette route en pleine nuit. Je repense aussitôt à cette première montée d'adrénaline que nous avons partagée dans sa vieille automobile. Je me souviens de la vitesse qui me scotchait au siège, du vent qui fouettait mon visage, de la peur qui me paralysait et qui, peu à peu, s'est transformée en quelque chose de plus subtil : cette fameuse réaction chimique tant prisée par Jérémy.

– Laisse-moi te voir.

– Je ne…

– S'il te plaît, m'interrompt-il. Accorde-moi quelques instants. Laisse-moi une seconde chance. Nous devons discuter. Tu es partie si vite la semaine dernière…

– J'ai peur maintenant.

– Je ne te ferai jamais de mal. Je n'ai jamais eu l'intention d'en faire à qui que ce soit. Ce qui est arrivé à Élise, c'était un accident, tu m'entends ? Tu n'as pas à avoir peur de moi.

– Je ne veux plus jamais entendre parler de défis, Jérémy. Jamais.

– Je… Je sais bien. Je fais une croix dessus. Tu as lu mes derniers messages, tu le sais déjà. J'y renonce si tu me laisses une seconde chance. Il existe sûrement d'autres moyens de se sentir vivant que de défier la mort, d'autres moyens d'éprouver une montée d'adrénaline.

– Évidemment qu'il y en a !

– Mais je ne veux pas avoir à combler le manque d'une fille comme Élise, d'une fille comme toi. Pas une nouvelle fois.

Je me mords l'intérieur de la joue, les yeux clos. Assise au bord de mon lit, je plonge la tête dans mes mains. À présent, je comprends tout. Je comprends les sautes d'humeurs de Jérémy, je comprends cette phrase qu'il avait murmurée dans ma piscine lors de notre bain de minuit : « Je ne laisserai personne mourir par ma faute. » Il est traumatisé par cette histoire. Évidemment qu'il l'est.

Mais pour une raison complètement inimaginable, il ne l'est pas assez pour avoir mis un terme à cette histoire de défis. Du moins, jusqu'à maintenant.

– Alexie ?

Je reviens à moi. J'avale difficilement ma salive, me pince l'arête du nez.

– D'accord.

– D'accord ?

– Oui, j'accepte de te voir. Simplement pour discuter. Je ne te garantis rien.

– Je… Bien sûr, bafouille-t-il comme s'il ne parvenait pas à y croire. Je veux juste que tu me laisses t'expliquer clairement mon projet d'aller voir un psy. Peut-être que c'est ce qu'il me faut…

– Je suis déjà convaincue que tu en as besoin. Et ce même si nous ne nous remettons pas ensemble.

– Alexie…

– Je ne peux rien te promettre.

– Je comprends. Quand est-ce que je peux venir ?

– Quelle heure est-il ?

– Il est un peu plus de deux heures et demie.

– Tu n'as qu'à venir maintenant, je n'arrive pas à dormir de toute manière, et ce n'est pas près de changer.

– Je suis à une demi-heure de route de chez nous au moins. Tu es certaine que tu ne dormiras pas ?

– Je t'attendrai.

– D'accord, comme tu veux.

Je suis complètement bouleversée. Tout se mélange dans ma tête. Mais je sens mon cœur s'animer à nouveau en sachant que je vais le revoir. Avant d'avoir l'impression que Jérémy allait quitter définitivement ma vie, suite à cette soirée dans les bois, je n'avais pas réalisé à quel point il était devenu une part de moi. Une part essentielle de ma vie. C'est toujours comme ça de toute manière : on ne se rend compte de la valeur de quelqu'un que lorsqu'il nous est enlevé.

– Tu m'appelles quand tu passes l'entrée de la résidence ?

– Oui, Alexie. Je me dépêche, ne t'en fais pas. J'ai hâte de te revoir.

– Moi aussi. À tout à l'heure.

– Je serai là rapidement. Je t'aime.

Et il raccroche, sans attendre une réponse de ma part. Je reste bouche bée. Paralysée. « Je t'aime. » Ces mots. Ils ont un effet inimaginable sur moi. Ils agissent comme de la morphine. La douleur s'apaise, mes muscles se décontractent. Je n'aurais jamais imaginé les entendre de sa bouche. Je me laisse tomber en arrière, sur le matelas. Je garde mon téléphone serré contre ma poitrine, complètement abasourdie par la tournure qu'ont prise les événements. Et je n'attends plus qu'une chose : que mon portable vibre pour m'avertir de l'arrivée de Jérémy.

Je ne lui ai rien promis au téléphone. Mais, au fond de moi, je sais qu'il m'est impossible de lui résister. Il est probablement la pire erreur que je puisse commettre. La pire et la plus belle à la fois.

Seulement…

– 28 –

Ne t'attache pas

Jérémy ne m'a pas renvoyé de message et je me suis endormie sans même m'en rendre compte. Ce n'est que vers six heures trente du matin, quand ma mère a fait irruption dans ma chambre, que je m'en suis aperçue. Deux questions m'ont traversé l'esprit à cet instant. Pourquoi n'avais-je pas vu Jérémy cette nuit comme convenu ? Que faisait ma mère dans ma chambre si tôt, avec cette mine déconfite ?

J'ai très vite eu ma réponse. C'est ma mère qui m'a appris la nouvelle.

Jérémy n'a jamais atteint notre résidence.

Mon monde s'est écroulé. J'ai eu envie d'hurler à la mort, de tout casser autour de moi. Mais rien. Aucune force, que du vide. Et de la douleur. J'ai senti toutes les cellules de mon corps se révolter. J'étais tout bonnement incapable d'accepter une telle nouvelle. Ma mère m'a serrée désespérément dans ses bras, comme pour tenter de m'empêcher de sombrer. J'avoue que j'ai du mal à me souvenir en détail de ce qu'elle m'a raconté. Tout est flou. De toute manière, elle ne savait pas grand-chose, si ce n'est que Jérémy avait eu un accident de voiture sur l'autoroute juste avant la sortie qui mène jusqu'à chez nous. Un accident des plus classiques. La voiture de Jérémy a percuté celle de devant. Il allait trop vite. Évidemment il allait trop vite. Et sa vieille auto ne l'a en rien protégé. Sa tête a percuté le volant, et l'absence d'airbag a provoquant une commotion cérébrale. Le choc a été trop violent, il ne s'est pas réveillé.

« Je serai là rapidement. Je t'aime. »

Ce sont ses derniers mots.

Il a voulu rentrer au plus vite, impatient de me revoir. Je l'ai senti au téléphone, il était fébrile à l'idée de pouvoir me reconquérir. Il avait tellement hâte de clarifier la situation qu'il s'est dépêché… Mais putain, pourquoi a-t-il fallu qu'il se dépêche ? À vrai dire, je connais la réponse. Au fond de moi, je le sais très bien. Ce qu'il voulait, c'était une dernière montée d'adrénaline. La ressentir une dernière fois avant d'y renoncer. Pour moi. J'aurais dû lui dire d'être prudent. J'aurais dû lui dire de prendre son temps, de faire attention à lui. Mais j'étais tout aussi impatiente que lui de le revoir, je voulais, moi aussi, qu'il arrive au plus vite.

Mais il n'est jamais arrivé.

J'aurais pu être dans la voiture avec lui cette nuit-là. Si nous ne nous étions pas engueulés, peut-être que les grands insomniaques que nous sommes seraient allés se promener pour chasser les ténèbres de leurs chambres. Peut-être même que Jérémy serait resté tranquillement chez lui à m'envoyer des messages. Peut-être que nous

nous serions vite endormis si nous n'avions pas été en froid.

Je n'ai pas eu la force d'assister à son enterrement hier. Mes parents ne m'ont pas obligée à y aller. Je suis toujours incapable d'assimiler les événements. Incapable d'accepter ce qui s'est passé. Je n'arrive pas à me faire à l'idée qu'il s'est évaporé si rapidement. Qu'il m'a laissée seule. Pas après tout ce que nous avons vécu, pas après tout le chemin que nous avons parcouru ensemble. Je ne peux pas croire que tout ait dérapé, si près du but. Fatalement, c'est ce qui aurait fini par arriver s'il avait continué ce jeu. Mais là… J'étais parvenue à le faire changer d'avis. À le raisonner. Ça a été la fois de trop. Il s'est foutu en l'air juste après m'avoir dit qu'il m'aimait.

Je n'imagine pas l'état de ses parents, de ses amis. Je suis trop concentrée sur ma propre douleur, sur cette béance à l'intérieur de moi qui semble s'élargir sans cesse. J'ai l'impression que mon sang ruisselle hors de ma poitrine, à l'endroit où mon cœur s'est percé.

« Il ne s'est pas réveillé. »

Je ne savais pas qu'il était possible de pleurer sans arrêt pendant cinq jours. Parce que, oui, cela fait déjà cinq jours qu'il a foutu sa vie en l'air. Et putain, je lui en veux tellement ! Pas qu'à lui. J'en veux au monde entier.

Mais en me réveillant ce matin, je suis dans un tout autre état d'esprit. Je regrette de ne pas être allée à l'enterrement. J'aurais dû. J'aurais dû mais j'en étais tout bonnement incapable. Je n'aurais pas supporté toute cette tristesse. Je n'aurais pas supporté de voir les parents et les amis de Jérémy effondrés. Il m'aurait fallu affronter la réalité en face et j'aurais… explosé. Je n'étais pas prête à vivre ça. Et je ne le serai sûrement jamais.

Malgré tout, je m'en veux. Je dois aller le voir au cimetière. Pour m'excuser de ne pas avoir été là pour lui.

Je quitte la maison dès mon réveil, sans prévenir personne. Il n'est que sept heures trente du matin lorsque le taxi me dépose devant les grilles du cimetière. Je n'y avais pas pensé, mais j'espère qu'il est ouvert à cette heure matinale. Si les portes d'acier restent closes, je ne pense pas avoir le courage de revenir plus tard. Je veux le voir maintenant, alors que le cimetière est désert et que la ville dort encore. Je veux me sentir totalement seule avec lui. Prendre le temps de trouver sa tombe – je ne sais même pas où il a été mis en terre – et lui dire ce que j'ai sur le cœur.

Je reste un instant là, à l'endroit même où le taxi m'a déposée. Seule la chaussée me sépare du cimetière. Mais j'ai l'impression que mon cerveau est déconnecté, qu'il est incapable d'assimiler ce que je suis en train de faire. Ou plus précisément ce que je viens faire ici.

Une voiture qui passe soudain à vive allure devant moi me ramène sur terre. Je ne perds pas une seconde de plus et, après avoir pris une grande inspiration, je traverse la route. Comme je l'espérais, les grilles sont ouvertes et une longue allée de gravier s'étend devant moi.

Les tombes sont alignées sur plusieurs centaines de mètres. Le lieu est complètement désert. Les quelques arbres dénués de feuilles semblent morts eux aussi. Un frisson me parcourt l'échine et je resserre mon manteau autour de mon corps amaigri. Je commence à errer dans les allées, parcourant les noms inscrits sur les stèles funéraires.

C'est vers le fond du cimetière, après plusieurs minutes de recherche, que j'aperçois son nom.

Jérémy Sands. 1999-2017.

Je suffoque. Une boule douloureuse se forme instantanément dans ma gorge. J'ai l'impression que mes genoux vont céder tant mes jambes tremblent. Et ces larmes… Elles jaillissent, inondent mes joues, coulent jusque dans ma bouche, le long de mon cou.

On ne distingue presque pas le marbre noir de sa sépulture noyée sous les bouquets de fleurs. Seule l'épitaphe est parfaitement visible :

À notre fils, petit-fils, ami, parti bien trop tôt.

Un portrait de lui, perdu au milieu des bouquets, orne la plaque commémorative posée sur la pierre tombale. J'écarte les fleurs afin de mieux le voir. Il semble heureux sur cette photo, son doux sourire réanime mon cœur l'espace d'un instant. En dessous, il est écrit d'une fine écriture dorée : « N'ayez aucun regret, j'ai vécu ma vie pleinement. »

Mon cœur se serre. Je ne peux m'empêcher de penser que ces mots correspondent parfaitement à Jérémy. Parce qu'il a vécu pleinement. Il s'est senti vivant, grâce à ses défis.

« Ces défis, Alexie, c'est comme flirter avec la mort. »

Et c'était justement ça qui lui donnait goût à la vie. De frôler de si près la mort, de la défier, sans croire un instant qu'elle ait une chance de l'emporter. Je me souviens de l'instant où Jérémy a murmuré cette phrase. C'était le soir d'Halloween, dans le bar. C'est là que j'ai compris tout ce que représentait ce jeu pour lui.

Il avait aussi ajouté qu'il ne fallait pas que je m'attache à lui. Qu'un jour, la mort pourrait l'entraîner avec elle. Il avait ri. Il n'y croyait pas. Il a toujours été convaincu d'avoir le contrôle. L'adrénaline lui donnait des ailes. Il se pensait intouchable, immortel…

Je m'accroupis et caresse le portrait de Jérémy du bout des doigts. Tout est craquelé en moi. Je n'ai pas eu la chance de le tenir une dernière fois dans mes bras ni de l'embrasser. Il ne m'a même pas laissée répondre à son « Je t'aime. » Il s'est contenté de raccrocher, sans penser que ce serait la dernière fois que nous entendrions la voix de l'autre.

Mes genoux s'enfoncent dans les graviers. Ma mâchoire tremble à s'en décrocher. J'ai tant à lui dire. Et rien ne semble vouloir sortir.

Le vent de novembre m'enveloppe, mais le froid ne m'atteint pas. J'attrape une rose rouge dans un des innombrables bouquets et la serre entre mes doigts pour écraser les pétales et libérer ma colère. J'essaie vainement de retrouver une respiration régulière.

Quelques minutes passent et mes larmes se tarissent peu à peu. J'avale difficilement ma salive, les yeux rivés sur mes paumes ensanglantées par les épines de la rose. La fleur n'est plus qu'une bouillie de pétales rouges.

Et les vannes s'ouvrent. Les mots affluent dans ma gorge. Je suis prête à lui parler. À son âme, du moins. Elle est forcément là, elle m'habite quoi qu'il en soit. Je le porterai toujours en moi, partout où j'irai.

Une bourrasque de vent emporte les morceaux de pétales rouges écrasés au creux de ma main et je lui glisse dans un souffle :

– M'attacher à toi, Jérémy, c'est le seul véritable défi que tu m'aies jamais lancé. Et je ne regrette pas de l'avoir relevé. Je ne regrette rien te concernant.

Remerciements

J'ai commencé la rédaction de *Ne t'attache pas* il y a de cela plus de deux ans, durant l'été 2015. J'ai écrit la moitié du livre à ce moment-là, juste après la fin de mon premier roman, *PhonePlay*. Et puis, je n'ai plus touché à ce texte pendant près d'un an.

Si l'écriture avait été un refuge pendant des mois, elle ne m'était plus suffisante à cette période de ma vie. La douleur était trop importante, omniprésente. Je n'ai pas ouvert un document Open Office une seule fois, je n'ai pas relu un de mes textes. L'écriture ne faisait plus partie de moi, elle ne me traversait plus l'esprit. Elle n'était plus capable de m'aider.

Elle m'avait accompagnée au quotidien pendant deux ans, et subitement, je ne voulais et ne pouvais plus écrire une ligne.

Ça a duré près d'un an. J'ai essayé de recommencer, mais ça ne donnait rien. Juste des phrases bancales qui ne me plaisaient jamais. Des mots alignés qui ne faisaient pas sens. Sûrement le syndrome de la page blanche. Un véritable calvaire.

Puis… Mon esprit est sorti de la brume. La situation autour de moi s'est quelque peu améliorée pour un temps. Et j'ai été capable, à nouveau, de sentir la fièvre des mots dans mes veines. J'ai retrouvé l'envie d'autrefois de mener mon lecteur en bateau, de le faire trépigner d'impatience à l'idée de connaître le dénouement de l'histoire. J'ai retrouvé l'envie de donner de moi dans mes personnages.

Mais rien de cela n'aurait été possible sans ces messages, sans ces retours, sans ces personnes qui me suivent au quotidien sur Wattpad ou plus particulièrement sur Instagram.

L'écriture de ce roman a été fastidieuse, semée d'embûches. Je l'ai entreprise durant la période la plus mouvementée de ma vie. La plus riche en termes d'apprentissage aussi, sûrement. Et c'est probablement pourquoi la seconde partie de ce livre me semble plus mature que la première (ressenti purement personnel). Mais je suis fière de moi, à présent. C'est le premier roman que j'écris ainsi. C'est-à-dire sans retour de mes lecteurs au fur et à mesure, comme sur Wattpad. C'était une écriture bien plus personnelle, bien plus autonome.

C'est aussi Florian, Maïté (et plus globalement l'équipe de chez Michel Lafon) qui m'ont permis d'achever ce roman. Ils ont toujours été à l'écoute, très compréhensifs. Ils ont su me faire confiance lorsque moi-même je ne me sentais plus capable de produire quelque chose de satisfaisant. Et pour cela, je tenais à les remercier. Car sans eux, au même titre que sans ma communauté de lecteurs, cette nouvelle aventure n'aurait pas été envisageable pour moi.

Alors oui, l'écriture de ce roman a été longue, mais je me suis toujours écoutée. Je suis satisfaite de mon roman et je voulais l'écrire lorsque l'envie me venait. Ne jamais me forcer. Et c'est ce que j'ai fait.

Toi qui lis ceci, tu m'as peut-être redonné l'envie, la force d'écrire sans le savoir. Par un simple message, un simple mot. Donc merci. Merci d'avoir donné une chance à mon livre. Merci d'avoir pris le temps de lire ce déballage de sentiments.

Sache que tu as un impact sur la vie des autres sans le savoir. Sur la mienne, par exemple. En me boostant, en me donnant confiance en moi. En m'ayant même permis d'accomplir mon rêve si tu me suis depuis mes débuts sur Wattpad. Tu n'es pas qu'un lecteur parmi les autres. Chaque unité compte. Tu m'as réellement aidée. Tu as eu un réel impact.

Donc si tu as envie de me laisser un avis, un retour, pour continuer à m'aider, utilise le #NTPas sur les réseaux sociaux pour que je puisse te lire. Je te laisserai une preuve de mon passage. Et je te remercierai sûrement une nouvelle fois.

Et plus généralement, n'hésite pas à soutenir les personnes autour de toi. Chaque geste compte. Chaque unité compte. Tu as bel et bien un impact sur la vie des autres.

Morgane

Retrouvez-moi

Sur Wattpad : @DarkShootingStars
Sur Instagram : dshootingstars
Sur Twitter : @MorganeBicail
Et sur tous les réseaux sociaux #NTPas

Table des Matières

Composition PCA
44400 – Rezé

IMPRIM'VERT®
PEFC™ 10-31-1510

Achevé d'imprimer
en octobre 2017
par Corlet Imprimeur
14110 Condé-sur-Noireau
Dépôt légal : novembre 2017
N° d'imprimeur : 190628
Imprimé en France
ISBN : 978-2-7499-3122-7
LAF2297